—————— 阅读之前 没有真相

午夜文库

雷蒙德·钱德勒 作品年表

1939　《长眠不醒》
1940　《再见，吾爱》
1942　《高窗》
1943　《湖底女人》
1949　《小妹妹》
1950　《简单的谋杀艺术》（短篇集）
1950　《找麻烦是我的职业》（短篇集）
1953　《漫长的告别》
1958　《重播》

雷蒙德·钱德勒　Raymond Chandler (1888—1959)

关于钱德勒

阿　城

我自己当然认定这些文字是应该放到钱德勒的小说之后的。如果你读过侦探小说，便知道我在说什么。

有关侦探小说的文字，有个道德约定，或说是默契，即不可泄露天机。天机泄露，对一般的侦探小说就失去阅读兴趣。天机，也就是答案，是肉身的诱惑，是智力的挑战，是阅读的张力。

不过天机一旦精彩，下一个天机，也就是作者是怎样的一个人，是读者马上想知道的。这是我认定这些文字是应该放到钱德勒的小说之后的原因。现代文论认为作者和作品是应该分开的，即读其文即可，作者怎样，无足论。以作者论其文，或作者论，为昨日旧套。但现代文论恰恰于此忽略了阅读心理的一个微妙机制。这是有意的忽略，因为作者这一因素会破坏现代文论自建的论述逻辑，或不如说，现代文论有其自我保护机制，有洁癖。

但钱德勒是一个例外，因为从上个世纪三十年代以来，不知道钱德勒的小说的读者甚少，更不要说钱德勒小说都翻拍过电影。因此我的这点文字如果被放在前面，亦无不可，天机早已泄露数十年了。我前面的天机说，纯只为照顾心中想象的居然没有读过钱德勒的小说的读者。

雷蒙德·钱德勒(Raymond Thornton Chandler)，1888年7月23日生于美国伊利诺州的芝加哥，1959年3月26日逝于美国加利福尼亚州拉荷亚(La Jolla)的斯克瑞普斯诊所(Scripps Clinics)，死因是酗酒及肺炎。因为他的文稿代理人赫尔加·格林(Helga Greene)与他的秘书琼·弗莱卡丝(Jean Fracasse)兴讼争夺他的遗产，据《钱德勒论文集》的作者弗兰克·麦克桑恩(Frank MacShane)指出，这导致他的遗体被葬于预留给贫困者的墓地，即南加州圣地艾哥市的希望山公墓(Mount Hope Cemetery)。

钱德勒的父亲是火车工程师，唯酗酒，不知道酗酒遗不遗传，钱德勒成人后亦酗酒。总之钱德勒的父亲遗弃了妻小，钱德勒的母亲带了他移居英国，由钱德勒的做律师的舅舅资助他们。

1900年秋天，12岁的钱德勒考进伦敦的杜维奇学院(Dulwich College)。五年之后，去巴黎学法语。再一年后，去德国学语言。隔年春天回到英国，入英国籍，夏天通过公务员考试，谋得海军的一份工作。这是1907年的事，隔年冬天，钱德勒20岁，他的第一篇诗作 The Unknown Love 发表。

不过钱德勒一年后辞职，家人震惊。此后两年内，钱德勒试过新闻业，发表过评介，均不成功。

钱德勒向对他不耐烦的舅舅借了一笔钱，说清将来连本带利偿还。1912年，钱德勒返回美国，最后在洛杉矶落脚，做过穿网球拍线及采摘水果的工作。省吃俭用的日子里，据说他只买过一只烟丝荷包给自己做圣诞礼物。之后他修读簿记函授课程，提前完成课程并找到了一份稳定工作。

他开始参加文人沙龙聚会，听音乐、朗诵诗，结识了钢琴家帕斯卡(Julian Pascal)夫妇。

帕斯卡的妻子西西（Cissy Pascal）"性感、世故、机智、自信，集合了所有年轻男子性幻想的必备特质"。西西当过模特儿，好裸身做家事，虽然自称大钱德勒8岁，但对他有致命的吸引力。

第一次世界大战时，因英国国籍，钱德勒1917年应征进入加拿大军队，抵达英国利物浦，加入皇家空军，之后被送到法国战场。钱德勒后来写道，不用值班时，有时会喝酒喝到眼前发黑。战前的浪漫主义诗人，因世界大战而酗酒。

1918年停战之后，钱德勒重返洛杉矶。西西已与帕斯卡离异。钱德勒的母亲1913年从英国回到美国，此时她反对儿子的欲望，结果，他们在1924年钱德勒母亲死后不久立即结婚，又结果，36岁的钱德勒发现西西不止大他8岁，而是18岁。

钱德勒曾担任过加利福尼亚州斯格纳希尔市（Signal Hill）的德布利石油财团（Debney Oil Sundicate）的副总裁，但因酗酒、旷工及自杀恐吓而被解雇。

钱德勒开始写廉价小说（pulp fiction）。1933年，第一个短篇《勒索者不开枪》（Blackmailers Don't Shoot）被《黑面具》（Black Mask）杂志发表。

钱德勒曾写信给朋友，说他想要寻找"一种雅俗共赏的手法，既有一般人可以思考的程度，又能写出只有艺术小说才能产生的那种力量。"

他做到了。1939年，钱德勒的第一本小说《长眠不醒》（The Big Sleep）出版，大卖。加缪、奥登和奥尼尔都赞赏他。

这之后，钱德勒的小说一路成功。到他去世，留有七部长篇。钱德勒创造了一个硬汉性格的小说角色，侦探马洛（Philip Marlowe）。钱德勒之前的侦探小说，是案件引人，侦探则是超人，例如福尔摩斯，而钱德勒笔下的侦探马洛，突出的是性格，案件，则是为了性格的展开。这种硬汉，引领了至今大部分侦探小说的方向。去年，我们熟悉的村上春树翻译了钱德勒的代表作《漫长的告别》（The Long Goodbye）。《漫长的告别》曾获在世界推理小说界享有极高声誉的爱伦·坡奖。村上版《漫长的告别》首印数为10万册，日本全国1500家书店也闻风办起了"钱德勒读书节"，村上在后记中将《漫长的告别》定义为"准经典小说"，认为钱德勒的作品影响了纯文学。

钱德勒的侦探小说，读者（包括我）会一再阅读它们，全然不管答案早已知道了几十年。

小说成功后，钱德勒做过一阵子好莱坞编剧，与比利·怀尔德（Billy Wilder）一起将詹姆斯·凯恩（James M.Cain）的小说《双重赔偿》（Double

Indemnity）剧本化（1944 年）；写作了他唯一的原创剧本《蓝色大丽花》（*The Blue Dahlia*, 1946）。钱德勒还曾参与了希区柯克的《火车怪客》剧本，不过他认为希区柯克的故事不像真的。

虽然钱德勒不符合好莱坞的要求，并嘲笑电影对自己小说的改编，但是二战后欧洲的导演和后来的美国导演，都受了钱德勒小说的影响，例如黑色电影（Flim Noir）。在欧洲，法国新浪潮电影用黑色电影的框架创作了最好的故事，比如戈达尔（Jean-Luc Godard）的《断了气》（*Breathless*, 1959）和特吕弗（Francois Truffaut）的《刺杀钢琴师》（*Shooting the Piano Player*, 1960）。

不过生活中的钱德勒并不顺利，1954 年，钱德勒正在写《漫长的告别》（*The Long Goodbye*, 1954 年爱伦·坡奖最佳长篇小说），西西久病后去世，钱德勒再次陷入酗酒。1955 年，钱德勒试图自杀。最终，这篇小文开始写过了，上个世纪，1959 年，钱德勒逝世。

1955 年，钱德勒的作品被收入权威的《美国文库》中，以侦探小说进入经典文学殿堂的，似只有钱德勒。

1995 年，美国推理作家协会请出四位当代顶尖名家，票选 150 年来最佳作者、最佳侦探。结果雷蒙德·钱德勒与他创造的高贵侦探菲利普·马洛拿下双料冠军。

钱德勒因自己的小说而不死。

找麻烦是我的职业
Trouble Is My Business

（美）雷蒙德·钱德勒 著
林培菊 译

新 星 出 版 社　NEW STAR PRESS

作者序

  一些极为专业的古代文学研究者总有一天会意识到这件事是值得去做的：翻阅二三十年代之间流行的廉价侦探小说杂志，探索这些流行的侦探小说是如何，什么时候，以怎样的节奏呈现出高雅的格调，并且适应大众口味的。他需要具有敏锐的眼光和开阔的胸怀。廉价小说做梦也没有想到它们会后继有"人"，并且这些"后裔"现在大多是以肮脏的灰褐色现身。这确实需要开放的思想，透过这些多余的俗艳的封面、垃圾的标题和令人难以忍受的广告，体会到一种真实的写作风格，这种风格尽管极端矫揉造作和虚伪透顶，却使得当时大部分的小说让人读起来像在老姑娘茶室里品尝一碗温热的法式清汤。
  我不认为这种写作风格完全是暴力因素，尽管这些故事里许多人被杀身亡，人们也以极大的热情关注他们死亡时的细节。当然也不是精细化写作，因为任何这方面努力都会被编辑大人无情地删除。也不是因为故事情节或角色的独创性——大多数情节都很平常，大多数角色都很粗糙。或许是因为这些故事所竭力要散发出来的恐怖气息。这些角色生活在一个错乱的世界，一个早在原子弹发明以前的世界，文明创造了用以毁灭自己的武器，而且大家都在学习使用，就好像恶棍愚蠢而高兴地试用他的第一支机关枪。法律沦为争权夺利的工具，街道上充斥着比暗夜还要黑暗的东西。侦探小说的主题和角色变得愈发冷酷和充满嘲讽意味，但是它的写作效果和写作技巧却并不是冷嘲式的。几个不寻常的评论家看出了这一点，这在当时是难能可贵的。普通的评论家在一开始是意识不到这一伟大成就的，他们只能等到这个成就显著之后才忙着去解读。

标准侦探小说的情感基础是——而且一向是——凶杀案得以侦破，正义得以伸张。除了大结局，写作技巧反而无关紧要。这样或多或少形成过程情节，结局能够解释一切悬念。但是另一方面，《黑面具》一类故事的写作技巧是场景比情节重要，也可以说好的情节创造出好的场景。引人入胜的理想的侦探小说应该没有结局，我们写作这类小说的人和电影制作人有相同的观点。我第一次去好莱坞工作时，一个很聪明的制片人告诉我，你无法把侦探小说拍成一部成功的电影，因为小说的重心在于揭开结局，而这在银幕上只需要几秒的时间就能办到，观众很快就能明白。他错了，因为他说的只是推理方式。

至于冷硬派侦探故事的情感技巧，显然它从不相信凶杀案能得以侦破，正义能得以伸张——除非信念非常坚定的某个人决定插手管事。这类小说就是关于此类人的故事。他们都是硬汉，不管是警察、私家侦探或记者，他们的工作都很艰苦危险，因为他们所能得到的工作就是这样。从前到处都是这种工作，现在也是。以他们为主角的故事无疑一直具有一种令人向往的因素。这样的事情确实发生过，但发展不会这么迅速，也不会发生在一群关系密切的人身上，更不会局限于一个狭窄的逻辑框框里。但在小说中，这是不可避免的，因为（小说中的人物）需要不断地采取行动，如果你停止思考，你就输了。一有怀疑，就有人手上拿着枪走进门来。这样写可能显得很愚蠢，但事实上无关紧要。一个不敢越超自己的作家跟一个害怕犯错的将军一样毫无用处。

我回头看自己的小说，要说我不希望它们更好，那是很荒谬的。但如果更好，它们就不会出版了。如果规格不那么死板，当时更多的作品或许会流传下来。我们有些人很努力地去打破成规，但总是难逃被退稿的恶运。超越规格的限制而不破坏规格是每一个杂志撰稿人的梦想，只要他们还没有完全丧失希望。我的故事里有些东西我想改变或剔除。这看似容易，但试一下，你就会发现根本不可能。你只会破坏好的东西，对坏的部分却一点也起不了作用。你无法重新捕捉氛围，和自然的情境，甚至会减弱仅有的野蛮气质。作家学到有关小说创作的艺术或技巧只会使他越来越背离当初写作的需要或欲望。最后，他学会了所有的技巧，却没东西可写。

至于这些出版物所表现出来的文学品质，我有资格通过一位著名的出版商的版本说明认为自己无须过度谦卑。身为作家，我一直无法把写作令人厌烦的特质之一——满心诚挚挂在心上，而且作品有幸不被称为"形势的势利——原本可吸收过去休闲文学的因素，结果只接受了现代启蒙文学的样式"。在平板单调的喜剧幽默和文学贫乏的精妙之间，还有很大可发挥的空间。在这个领域，侦探小说或许是一个重要的地标。有些人憎恶所有侦探小说的形式，有些人喜欢关于好人的故事（"那个迷人的琼斯太太，谁想得到她会用肉锯锯掉她丈夫的脑袋呢？他还是个挺英俊的男人哩！"），有些人认为暴力和虐待狂是可以互换的用词，有些人认为侦探小说是次文学，不比那些习惯滥用附属分句、狡猾的标点符号和假设语态的作品高明到哪里去。有些人只在疲倦或生病时才看侦探小说，但从他们所消遣的侦探小说数量来看，他们一定经常疲倦或生病。有些人是侦探小说迷或色情小说迷，发热的小脑袋想不通虚构的侦探人物只是催化剂不是大众情人。前者要求豪门宅邸的平面图，标示书房、枪械室、大厅和楼梯，以及通往幽暗小房间的走道，管家就在那里擦拭乔治时代的银器，薄唇紧闭，倾听乖舛命运的呢喃。后者认为两点之间最近的距离是从一个金发女子到床笫之间的长度。

众口难调，也没有作家试图做到这点。本书的故事当然也没有想要取悦十年十五年后的人们。侦探小说是这样一种文学，它不需要躲在过去的阴影中，也不需要忠诚地拜倒在经典的石榴裙下。现在的某个作家创作出比《亨利·埃斯蒙德》①更好的历史小说，比《黄金时代》更好的童话，比《包法利夫人》更尖锐的社会缩写，比《波音顿的珍藏品》②更优美精炼的警醒小说，比《战争与和平》或者《卡拉马佐夫兄弟》更宽广的时代史诗并非不可能。但构思出比《巴斯克维尔猎犬》或《失窃的信》③更加貌似真实的侦探小说并不会太困难。当今时代，超越更不容易。犯罪和侦探小说没有"经典"，一部也没有。在可参考小说的框架之内——这是唯一可评价的标准——一部经典作品会穷尽各种结构形式，几乎无法被超越。但还没有一个故事或一部小说能做到或接近这点。这是许多人持续进攻这一堡垒的根本原因之一。

---

① *Henry Esmond*，英国作家威廉·梅克比斯·萨克雷创作的历史小说。萨克雷的《名利场》是享誉世界的名著。
② *The Spoils of Poynton*，美国作家亨利·詹姆斯的作品。
③ *The Purloined Letter*，美国作家爱伦·坡的短篇小说。

1	找麻烦是我的职业
69	检方证人
133	金鱼
191	红风

找麻烦是我的职业

1

安娜·哈西，一个两百四十磅左右的中年女人，脸色灰黄，穿着一身定制的黑色外衣。眼睛像闪亮的黑色鞋扣，双颊柔软、苍白，好像同一颜色的黄油。她坐在黑色玻璃办公桌后面（这办公桌好像拿破仑的坟墓），抽着一根香烟，烟嘴差不多和卷起的雨伞一样长。她说："我需要一个男人。"

我看着她把烟灰磕到闪亮的桌面上，青烟在从敞开的窗户吹进的风中卷曲着，盘旋着。

"我需要一个男人，他要足够帅气，能让一位高门第的女人上钩；他要足够强壮，能够和一台强劲的铲车过招。这个家伙，要经常出入酒吧，像弗雷德·艾伦[①]一样油嘴滑舌，甚至过之，头撞到啤酒运输车上却只当被歌舞女郎用法棍面包敲了一下。"

"小菜一碟，"我说，"你不就要个扬基[②]球员，罗伯特·唐纳和帆船俱乐部的家伙吗！"

"你或许就行，"安娜说，"干净利落点，二十块一天加上额外开销。我好多年没有替人拉线了，但这一桩是个例外。我的侦探买卖还比较

[①] Fred Allen，美国著名播音员、幽默表演家、电影演员。
[②] 纽约扬基队（New York Yankees），美国职业棒球大联盟中隶属于美国联盟东区的棒球队伍之一。

顺利,不会引火烧身的。现在咱们看看葛莱蒂丝是多么喜欢你吧。"

她倒过烟嘴,在一个黑色镀铬的大型通告器上按了一下,"拿一个空的烟灰缸进来,亲爱的。"

我们等着。

门开了,一个穿着比温莎公爵夫人还讲究的金发高个女郎漫步进来。

她优雅地摇摇摆摆穿过房间,清理安娜的烟灰缸,拍拍她的胖脸颊,含情脉脉地瞥我一眼,又出去了。

"我想她脸红了,"门关上后,安娜说,"我看你有两下子。"

"她脸红——我还和达里儿·珊娜约好吃晚饭呢!别扯闲话了,到底怎么回事?"

"去对付一个女孩,她有一双勾魂的眼睛,红头发,是一个赌徒诈赌的搭档,钩上了有钱人家的儿子。"

"要我怎么对付她呢?"

安娜叹了口气,"菲利普,这活儿有点儿狠。如果她有任何案底,你就挖出来,当面揭发她。如果没有,这是比较可能的,因为她出身于好人家,那你就自己看着办。你有主意了,对吗?"

"我不记得我几时有过主意。什么赌徒?哪个有钱人?"

"马蒂·艾斯特。"

我从椅子上跳起来,却想起最近一个月生意很坏,我需要这笔钱。我又坐了下去。

"当然你可能会惹上麻烦,"安娜说,"我从来没听过马蒂光天化日在大庭广众之下把人做掉,但他也不是吃素的。"

"找麻烦是我的职业。一天二十五块,如果我接这活儿,外加两百五保证金。"

"我自己也要赚一点儿啊!"安娜嘀咕道。

"行,外头有很多苦力。很高兴看到你健康快乐,再会了,安娜。"

这回我站了起来。虽说我的命值不了多少钱,但终归还是值点儿的。马蒂·艾斯特是公认的狠角色,身后有不少帮手和保护伞。他的地盘在西好莱坞区的日落大道上。他一般不出手,不过只要他出手,肯定有人遭殃。

"坐下,成交。"安娜哼了一声,"我是个可怜的破产的老女人,除了一身肥肉和奄奄的病体,一无所有,却还想维持这个高级侦探社。拿走我的最后一毛钱,然后嘲笑我吧!"

"这女孩是谁?"我已经坐下了。

"她叫哈丽叶·韩翠丝——真是个好名字①。住在米兰诺,北西卡默一九〇〇街区,高档社区。一九三一年,父亲破产,打开办公室窗户跳楼自杀。母亲死了。妹妹在康涅狄格州的寄宿学校。可以从这里切入。"

"这些是谁挖出来的?"

"委托人拿到了一堆银行支票的复印件,都是他儿子给马蒂的,价值五万。这个儿子——是这老头收养的——不承认这些支票是他签的,跟天下所有的不肖子一样。所以我的委托人把支票复印件交给一个叫阿柏捷的鉴定,这家伙假装擅长这类事情。他说没问题,四处打听了一下,可是他实在太胖,做不动跑腿的事,跟我一样,现在他罢手了。"

"那我可以找他谈谈吗?"

"我看没有什么不可以的。"安娜点点头,晃动着多层的下巴。

"这个委托人——有名字吗?"

---

① 韩翠丝(Huntress),意为女猎人。

"小子,你太走运了。你可以见他本人——现在!"

她又按了一下通告器的键,"请吉特先生进来,亲爱的。"

"那个葛莱蒂丝,她有男朋友吗?"

"你别打葛莱蒂丝的主意!"安娜几乎是对我尖叫,"她处理离婚案,一年替我赚进一万八千大洋。任何男人碰她一根汗毛,菲利普·马洛,就要被烧成灰。"

"她哪天总要看上别人的。我为什么不能追她?"

门打开,打断了我们的话。

我没有在隔壁的接待室看到他,所以他刚才一定在私人办公室等。看起来他不喜欢那儿,他快步走进来,迅速关上门,从背心口袋里掏出一只八角形白金薄表,狠狠地看了一眼。他是那种身材高大、头发淡金色的类型,穿着条纹丝绒西装,款式时髦,标签上有一朵小小的粉红的玫瑰花苞。他有一张非常冷酷的脸,有点眼袋,嘴唇较厚。他挂着一根镀银柄的乌木手杖,戴着鞋罩。看起来起码六十多了,但我应该多猜了十岁。我不喜欢他。

"哈西小姐,二十六分钟,"他冷冷地说,"我的时间很宝贵。就是因为我节省时间,所以才能赚很多钱。"

安娜慢吞吞地说:"哎,我们正在设法替你省钱,"她也不喜欢他,"抱歉让你久等,吉特先生,但是你想见见我挑选的人,我得派人去找他来。"

"他看起来不像我要的人,"吉特说,鄙夷地看了我一眼,"我以为应该是位绅士模样的——"

"你不是《烟草路》[①]里的吉特,对吧?"我问他。

---

① 《烟草路》(*Tobacco Road*),欧斯金·考德威尔写的一部长篇小说。是一部用幽默笔调表现当时美国南方生活的贫穷、愚昧、落后的杰作。

他缓缓地走向我,手杖半举。冰冷的目光宛如利爪要把我撕裂,"你侮辱我……我——像我这种地位的人。"

"少安毋躁。"安娜开口了。

"少安什么,"我说,"这位老兄说我不是绅士。或许这就对了,对他这种地位的人——不知道他的地位是什么,管它是什么——可是像我这种地位的人可不随便听别人讲脏话,这不能随便说,除非不是故意的。"

吉特先生身子僵直,怒气冲冲地瞪着我,再次拿出怀表。"二十八分钟。年轻人,我道歉。我不是有意冒犯。"

"好极了,"我说,"我就知道你不是《烟草路》里的吉特。"

差点儿又把他惹毛了,不过他没有发作。他不清楚我到底是什么意思。

"我们既然是一伙的了,那我有一两个问题要问你,"我说,"你愿意给这个叫韩翠丝的女孩一些钱吗——当作分手费?"

"一毛也休想,"他大叫起来,"凭什么?"

"按风俗吧。如果她嫁给他,他又会得到什么呢?"

"届时基金会每个月会给他一千块钱,这基金会是他母亲——我的亡妻设立的,"他低下头,"等到他二十八岁的时候——很多钱。"

"你不能怪人家女孩子想要啊!"我说,"又不是现在就要。那么马蒂·艾斯特呢?那边谈妥了吗?"

他青筋暴露的手揉皱了灰色的手套,"这笔债不还,是笔赌债。"

安娜疲倦地叹了口气,弹得桌上到处都是烟灰。

"当然,"我说,"可是赌徒不会让别人赖债溜走。毕竟,如果你的儿子赢了,马蒂也会付钱给他。"

"我对那没兴趣。"高瘦的老人冷淡地说。

"好吧,但想想马蒂手上拿着五万块支票坐在那里,却不值一文,他晚上能睡着觉?"

吉特先生这次似乎考虑周到了。"你是说他会动刀动枪?"他提问的语气甚至有些讨好。

"很难说。他独家经营着一处地方,吸引了很多电影人,要顾虑自己的名誉。但他花天酒地,人头很熟,什么事都有可能发生——虽然目前他还没有动手。何况马蒂不是防滑垫,他总会有行动的。"

吉特先生又看了一眼怀表,一脸不悦,把表丢回背心口袋,"那些都是你的事,"他没好气地说,"检察官是我的朋友。如果这件事超出你们的能力范围——"

"好啊,但您不是照样屈尊跑到这儿来找我们。即使检察官在你的背心口袋里——跟那只表一样。"

他戴上帽子和一只手套,手杖轻轻敲一下鞋子边缘,走到门边,打开门。

"我只问结果,我看结果付钱,"他冷冷地说,"我付钱爽快,有时候还很慷慨,虽然我被认为不是慷慨的人。我想我们彼此都很了解对方。"

他甚至还眨了一下眼睛,走了出去。门轻轻地阖上了,挤压着闭门器橡皮圈中的空气。我看着安娜,咧嘴一笑。

"他很可爱,对吧?"她说,"我要从他身上榨点油水,用来置办我的调酒器具。"

我从她身上榨出二十块钱——当作开销。

2

我要找的阿柏捷是约翰·阿柏捷,他在日落大道靠近伊娃街的地方有间办公室。我在一间电话亭打电话给他,接电话的声音很圆润,夹带着轻微的呼噜声,好像刚刚赢了吃派比赛的人发出的。

"约翰·阿柏捷先生吗?"

"嗯。"

"我是菲利普·马洛,私家侦探,刚刚接手你原来鉴定的案子,客户吉特的。"

"嗯?"

"我可以过来和你谈谈吗——等我吃完午饭以后。"

"嗯。"他挂上电话。我确定他不是个健谈的人。

吃完午饭,我开车到那里去。地点在伊娃街东边,一栋老旧的两层建筑,前面的砖最近才刷了油漆。一层是商店和一家餐厅。建筑入口就是一条颇宽的楼梯,直通二楼。楼梯口的标牌上写着:"约翰·阿柏捷,二一二房间"。我上了楼,进入宽敞的走廊,这走廊和街道平行。在我右边,一个穿着工作服的人站在门口,他前额上绑着一面圆镜子,镜子推到靠后的位置,脸上一副迷惑不解的表情。他又走回办公室,把门关上。

我往另一个方向走,走到走廊的一半,靠近日落大道那边的一扇门上写着:"约翰·阿柏捷,专门鉴定可疑文件,私家侦探,请进"。门被毫不费力地打开了。小小的前厅没有窗户,有两张安乐椅,一些杂志,两具铬铁的烟灰架。两盏落地灯和一盏天花板灯都亮着。廉价但全新的厚地毯尽头有一扇门,上面写着:"约翰·阿柏捷,专门鉴定可疑文件,私人专用"。

我打开外面的门时,铃就响个不停,直到门关上才停止。但什么也没发生,等候室里没人,里面的门没有打开。我走过去,靠近门板听——里面没有谈话的声音。敲敲门,也没人理睬。我试着拧动门把手,拧动了,于是开门进去。

这个房间有两扇北向的窗户,紧紧关着,窗帘都拉到旁边,窗棂上有一层灰。里面有一张办公桌,两个公文箱,一块地毯,几面墙。左边另一扇门有玻璃,上面写着:"约翰·阿柏捷,实验室,私人专用"。

我想我大概能记住这个名字。

我所在的房间很小,好像对那只搁在桌边的胖手来说都嫌太小,那只手一动也不动,握着一支粗大的好像木匠用的铅笔。手腕无毛,像盘子一样光滑,紧扣的袖口不太干净,从套袖中露出来。套袖其余的部分在桌子边缘的地方看不见了。桌子高不过六英尺,所以他不可能是个子很高的人。从我站立的地方,只看到他的手和袖口。我悄悄地走回前厅,把门锁紧,不让人进来。然后关掉三盏灯回到私人办公室,走到桌子一端。

他非常胖,没错,胖得离谱,比安娜还胖得多。他的脸看起来跟篮球一样大,即使这个时候,也呈现出令人愉快的粉红色。他跪在地上,硕大的脑袋靠在桌腿尖锐的角上,左手摊在地上,手下压着一张黄纸。手指完全摊开,指缝间露出黄纸。他看起来好像正用力撑着地板，但实际上并没有。撑住他身子的是脂肪。他的身体蜷缩着，撑在硕大的屁股上，厚重肥大的屁股就这样支撑着他，他跪着，稳稳地，一动不动。要扳倒他，恐怕得费尽两个大块头的力气。现在这么做可不是什么好主意，但我还是做了。我花了点时间，抹抹脖子上的汗水，虽然那天天气不热。

他的头发灰白，剪得很短，脖子堆积着皱褶，好像六角手风琴。他的脚很小，似乎胖子的脚通常都很小，这双胖脚套在一双锃亮的皮鞋里，它们斜靠在地毯上，紧紧挨着，整齐却令人不快。他穿的深色西装也需要洗了。我弯下腰，把手指探进他脖子无尽的肥肉里。他的动脉可能就在某处，但是我没摸到，不过也用不着了。在他臃肿的膝盖之间的地毯上，一摊污渍正在向外扩散，扩散……

我跪在一旁，抓起拿着黄纸的胖手指。已经凉了，但还没有冰冷，柔软且有些发黏。纸是从便签本上撕下来的。如果上面有信息该多好，可是没有。上面只有些无意义的记号，不是文字，甚至也不是字母。他中弹后想写些什么——也许甚至正在写些什么——但只画出几道线。

他倒下去时，仍然抓着纸，肥硕的手把纸压在地上，另一只手抓着大铅笔，躯干拄在臀部，死了。约翰·阿柏捷，专门鉴定可疑文件，私家专用。可真他妈的私家。他只在电话上对我"嗯"了三声。

现在他死了。

我拿手帕把门把手擦干净，关上前厅的灯，出了外面的门，从外面把门锁上，离开走廊，离开这栋建筑，离开这个社区。据我所知，没人看见我离开——据我所知。

3

正如安娜告诉我的,米兰诺就在北西卡默一九〇〇街区,几乎占了整个街区。我把车停靠在装饰颇为富丽的前庭中央,一路走到挂着浅蓝霓虹灯招牌的地下车库的入口。走下围了栏杆的缓坡,进入一个明亮的空间,里面车辆闪烁,空气清冷。一个整齐利落的棕色皮肤的黑人穿着一尘不染的蓝色袖口的工作服走出一间玻璃办公室,黑色头发像乐队指挥一样光滑。

"忙吗?"我问他。

"时忙时不忙。先生。"

"我外面有辆车需要掸灰,大概值五块钱。"

没奏效。他不吃这一套。胡桃色的眼睛变得深沉,眼光飘向远方。"先生,那可是有很多灰尘需要清理呢!请问还有其他事吗?"

"一点点。哈丽叶·韩翠丝小姐的车在吗?"

他往远处看去。他的目光沿着光亮的一排,停在一辆金丝雀黄的敞篷车上,车子看起来跟前院草皮上的厕所一样不起眼。

"有,先生。车子在。"

"我想知道她的公寓号码,和一条不需要经过大厅上去的路。我是私家侦探。"我给他看我的证件。他瞧了瞧,显然不感兴趣。

他露出一丝不易察觉的笑容,"先生,五块钱对做工的人是一笔很好的收入，但是让我冒失去饭碗的危险就少了些，大概不够从这里到芝加哥的车费。先生，我建议您还是省下您的五块钱，试试一般人出入的门径。"

"你这家伙，真是不得了。你长大后得成什么样——缩头乌龟？"

"我已经长大了，先生，我今年三十四岁，婚姻美满，有两个小孩。午安，先生。"

他转过身去。我说："好吧，再见。请原谅我酒气冲天，我刚从酒吧出来。"

我走回缓坡，沿着街道来到我首先该去的地方。我应该早就知道五块钱和证件在米兰诺这种地方根本换不来什么。

那个黑人可能正打电话给办公室。

这幢建筑是座巨大的灰色水泥玩意儿，摩尔风格，前院挂着破旧的大灯笼，种着高大的椰枣树。入口在里面转角的地方，沿大理石阶梯而上，穿过一个加州风格、镶着碗盘碎片的马赛克拱门。

一个门房替我打开门，我走进去。大厅还不如一个扬基球场那么大，地板铺着浅蓝色地毯，下面垫着橡皮海绵，软得叫我想躺下来打个滚。我漫步走到柜台前，一只手肘撑在柜台上。一个面色苍白、瘦瘦的，留着浓密八字胡的职员瞪着我。他把玩着胡子，目光越过我的肩膀落在我背后的阿里巴巴油罐上，那油罐大得可以装进一只老虎。

"韩翠丝小姐在吗？"

"我应该通报谁的名字呢？"

"马蒂·艾斯特先生。"

这一招也不比车库里的那一招灵。他左脚靠着什么。柜台末端，一扇蓝色镀金边的门敞开着，一个身材高大、头发淡黄的人走出来，背心沾满雪茄灰，漫不经心地靠在柜台末端，瞪着阿里巴巴油罐，好像在判断那到底是不是痰盂。

职员扯大了嗓门:"你是马蒂·艾斯特先生?"

"他派来的。"

"那不是有些不同吗?先生,那你的名字呢——如果我可以问的话。"

"你可以问,"我说,"我也可以不说。我奉命行事。抱歉这么不通融,虽然这么做很糟糕。"

他不喜欢我的态度,或者说根本不喜欢我,"我恐怕不能替你通报,"他冷淡地说,"霍金斯先生,你看我该怎么办呢?"

头发淡黄的人目光离开油罐,沿着柜台滑过来,一直到离我仅有一张纸牌的距离停下了。

"什么事?葛哥利先生。"他打了个呵欠。

"两个蠢货,"我说,"这事可能涉及你们的那位女士朋友。"

霍金斯笑笑。"老兄,来我的办公室。我们看看能不能解决你的问题。"

我跟着他走进他刚走出来的狗窝。里面只能容下一张长约五英寸的桌子,两把椅子,一个高可及膝的痰盂,一盒打开的雪茄。他屁股靠在桌上,客套地对我笑着。

"出师不利,对吧,老兄?我是这里的保安。说吧。"

"有时候,我觉得出师顺利,"我说,"有时候觉得像扯淡。"我拿出皮夹,让他看看证件,以及放在赛璐珞透明袋后面的执照复本。

"同行?"他点点头,"你应该一来就找我。"

"当然,只是我从来没听说过你。我想见韩翠丝小姐,她不认识我,但我有些生意要和她谈,不吵不闹。"

他往旁边站开一些,嘴角上叼着雪茄,看着我的右边眉毛。

"什么大事?干吗去讨好楼下的黑人?你拿到开销的钱了吗?"

"可能能拿到。"

"我是好说话的人。"他说,"但我得保护客人。"

"你的雪茄快抽完了。"我说,看到烟盒里有九十支左右的雪茄。我抽出两支,闻了闻,塞了一张折好的十元钞票在下面,又放回去。

"有意思,"他说,"咱俩投缘。你要干什么吧?"

"告诉她我从马蒂·艾斯特那里来,她会见我。"

"如果我能有点提成,这活儿就搞定。"

"想都别想。我后面有大人物。"

我伸手去拿回十元钞票,但他把我的手推开了,说:"我试试。"他拿起电话,说接八一四房间,然后开始哼歌,声音好像老牛生病了一般。他突然身子往前一探,脸上堆满甜蜜的笑容,声音也仿佛滴着蜜糖。

"韩翠丝小姐吗?我是霍金斯,保安人员。霍金斯。对……霍金斯。当然了,您见过多少人呐,韩翠丝小姐。我办公室里有一个人想见您,要替艾斯特先生传话。没有你准许,我们不能让他上去,因为他不肯报上姓名……对,霍金斯,这里的保安,韩翠丝小姐。对,他说你不认识他,但是我看他没有问题……好,谢谢,韩翠丝小姐。立刻就让他上去。"

他放下电话,轻轻拍着。

"就差一些背景音乐了。"我说。

"你可以上去了。"他仿佛还在梦中,漫不经心地伸手拿走雪茄盒里的钞票。"高级货色,"他轻声说,"每次想起那个女人,我就得出去散步,绕一大圈。走吧!"

我们又走到大厅,霍金斯带我到电梯,打个手势叫我进去。

电梯门关上时,我看见他走向出口,可能要去散步,一大圈。

电梯内铺着地毯，有镜子和折射的光线，它好像温度计里的水银轻轻地往上升。门悄无声息地开了，我走在如苔藓般轻软的地毯上，来到写着八一四号的门前。我按了一下旁边的小巧门铃，里面响起叮当的声音，门打开了。

她穿着外出的绿色毛呢洋装，一顶歪斜小帽像蝴蝶似的挂在耳朵上。两只眼睛分得很开，那之间正是思考的空间，眼珠是天青石的蓝色，头发暗红色，好像一团火，虽控制住了，但仍有危险。她太高了，所以显得不太可爱。她的妆容艳丽，恰到好处。她递给我一支加了三寸烟嘴的雪茄。她看起来并不冷酷，不过好像是万事通，并且还记得一些她认为日后可资利用的东西。

她冷淡地看着我。"大褐眼，要传什么话呢？"

"我得进来才行，我站着不会说话。"

她冷冷地大笑，我闪过她的香烟末端，走进相当窄长的房间，里面有很多高档家具，很多窗户，很多布幔，很多各种各样的东西。屏风后面火光闪烁，一具瓦斯火炉上架着一根大木柴。温暖的火前有张漂亮的玫瑰色长沙发，前面铺着一块东方丝绒毯，旁边的小几上摆着威士忌和苏打水，冰块放在冰筒里，一切都让人有宾至如归的感觉。

她说："你最好喝一杯，你可能手里没有酒杯也不会说话。"

我坐下来，拿过威士忌。这个女孩坐进一把深凹的椅子，交叉着双腿。我想到霍金斯说的散步绕圈子，现在可以稍稍理解他了。

"所以你是从艾斯特那里来的人。"她说，并不喝酒。

"没见过他。"

"我也想到了。混混，你搞什么名堂？马蒂一定很高兴听说你怎么利用他的名头。"

"我脚底在发抖了。那你为什么让我上来呢？"

"好奇。我已经等你们这一票人等了一些时候,我从来不躲避麻烦。你是某类条子,对吗?"

我点燃香烟,点点头。"私家侦探。我要提点小建议。"

"提吧!"她打了个呵欠。

"要你放掉小吉特,需要多少钱?"

她又打了一个呵欠,"你真是太——提不起我的兴趣了,我都不想告诉你了。"

"我胆小,别吓唬我。说实话,你要多少钱?或许这样问是一种冒犯?"

她微笑了,她的笑容很美,牙齿很可爱,"我现在是坏女孩。我不用要求,他们就会把钱送上门来——还绑着丝带。"

"老家伙态度强硬,他们说他很有钱①。"

"水值不了多少钱的。"

我点点头,又多喝了一点酒。上好的威士忌,事实上这酒很完美,"他的想法是你什么都得不到,只能得到羞辱和难堪,不过我看不是这样子。"

"可是你替他工作。"

"听起来很有趣,不是吗?可能有什么聪明的办法,但我现在还没想到。你要多少钱——或者你根本不要?"

"五万块怎么样?"

"五万给你,另外五万给马蒂?"

她大笑起来,"等等,你应该知道马蒂不喜欢我参与他的事。我只是替自己着想罢了。"

---

①原文为 draws a lot of water,意指一个人很有权势,非常富有。

她重新交叉双腿。我在酒里又加了一块冰。

"我想的是五百。"我说。

"五百什么？"她大惑不解的样子。

"元——不是劳斯莱斯。"

她开心地大笑，"你真是笑掉我的大牙，我应该叫你下地狱。但我喜欢温暖的大褐眼，温暖的闪着金光的大褐眼！"

"这你就别想了，我一个子儿都没有。"

她笑着，把一根香烟夹在双唇间。我走过去为她点燃。她的眼睛抬起来，看着我，眼底有火星闪烁。

"也许我已经有一个子儿了。"她轻声说。

"大概正因为如此，他雇了一个肥仔——这样你就不能叫他跟你跳舞了。"

"谁雇了肥仔？"

"老吉特雇了一个肥仔叫阿柏捷，他在我之前办这件案子。你不知道吗？他今天下午被杀了。"

我以轻松的语调说，想看看惊人的效果，但她没动，挑衅的笑容始终没有离开唇角，眼睛也没有变化，只是呼吸声显得有些沉重。

"这件事一定和我有关吗？"她平静地问我。

"我不知道，我不知道谁杀了他。就在他办公室里，大约中午前后，或者稍微晚些。可能和吉特的案子根本无关，但发生得恰是时候——就在我接了案子之后，有机会和他说话之前。"

她点点头，"原来如此。你认为马蒂会做出这种事。你当然也告诉警察了？"

"当然没有。"

"老兄，你在这儿可是浪费精力呢！"

"可不是吗？不过我们好好商量个价钱，最好低一些。因为不管警察怎么对我，等他们知道故事后——一旦他们知道，就够你和马蒂·艾斯特受的。"

"这可像勒索了，"女孩冷冷地说，"我想可以这样说吧！别逼人太甚，大褐眼。还有，你叫什么名字来着？"

"菲利普·马洛。"

"听好，菲利普，我也曾经在上流社会待过，我的家人都是有头有脸的人。老吉特毁了我父亲——全都理由正当，过程合法，然后跟碾碎蚂蚁窝一般毁掉别人——他毁了我全家，父亲自杀，母亲死了，我有个妹妹在东部上学，我不管钱是怎么来的，只要能照顾供养她。大概有一天，我也要"照顾"老吉特——即使我得嫁给他儿子，也在所不惜。"

"继子，养子，"我说，"根本没有血缘关系。"

"老兄，横竖都能伤他伤得很厉害。这小子两年后会有很多花花绿绿的钞票。我可以更狠——虽然他酒喝得太凶了。"

"小姐，你不会在他面前说这些话的。"

"是吗？条子，看看你背后。你应该清清耳屎了。"

我站起来，快速转过身。他站在离我大约四英尺的地方。他从某一扇门里钻出来，无声地滑过地毯，我忙着卖弄聪明，没有注意到他。他块头很大，金头发，穿着粗纹的休闲套装，敞领衬衫里面系着丝巾。他满脸通红，眼睛明亮，但是不太聚焦。虽然时辰还早，他却已经有些醉了。

"趁你还能走路之前，快滚，"他轻蔑地对我说，"我听到了。哈丽叶爱怎么说我都可以。我喜欢得很。滚！不然我就打得你满地找牙。"

女孩在我后面笑，我可不喜欢这个样子。我向金发大个儿跨近一步,他眼睛眨了一下。虽然他是个大块头,但应该很容易摆平。

"揍他,宝贝!"女孩在我背后冷酷地说,"我最爱看这些硬汉跪在地上求饶。"

我回头抛给她一个媚眼。那可是个错误。他可能暴怒了,但仍然能击中一面墙。我回头时,他揍了我一拳。那样挨揍很痛,他出手很重,打中了我的下颚底端。

我往旁边趔趄了一下,想要叉开腿站稳,结果被丝毯绊倒。鼻子碰在某处,而头撞在一个坚硬的家具上。

一时之间,我头昏脑涨,只见他红色的脸上一脸得意,对着我冷笑。我想我有些替他难过——即使在当时那种情况下。

黑暗围拢过来,我昏了过去。

4

等我醒过来，房间对面窗外的光线折射进我的眼里。我后脑勺很痛，伸手一摸，有些黏腻。我缓缓地移动，好像一只猫溜进了陌生的屋子，我直起上身，去拿沙发尾端矮几上的威士忌。奇迹是我竟然没有把酒瓶打翻。跌倒时我的头撞上椅子弯爪似的脚，它比小吉特的拳头更厉害。我可以感觉下巴有块地方疼，但还不足以写在日记本上。

我站起来，灌了一口威士忌，四处逡巡，没有什么好看的。房间内空无一人，充斥着沉默和上等香水的记忆——是那种几乎消失后才叫你想起的香水，好像树上最后一片叶子。头又痛了，我用手帕擦擦黏黏的地方，觉得不值得呼天抢地，又喝了一口酒。

我坐下来，把酒瓶放在膝上，听着某处传来的车辆声，出奇的遥远。这是很好的房间，韩翠丝小姐是个好女孩。她只是结识了一些不好的人，但谁又不是呢？我不应该批评这类小事，于是我又喝了一口。瓶子里的液体现在少了很多，酒喝上去非常顺口，甚至感觉不到它滑过喉咙，不像我喝过的有些东西，差点烧掉你半边的扁桃体。我又喝了些。头疼好些了，感觉还好，想来一段意大利歌剧《丑角》的开场曲。没错，她是个好女孩。如果她自己付房租，那么她应该混得不错。我喜欢她，她很正点。我又喝了一些她的威士忌。

酒瓶里还有一半酒，我轻轻地摇晃着，塞进风衣口袋里，随便扣上帽子，便离开了。我安全地抵达电梯，没有撞到走廊上的墙，飘然下楼，漫步走进大厅。

霍金斯，那个公寓保安，还是靠在柜台末端，瞪着阿里巴巴油罐。那个职员还是抚弄着他那撇小小的八字胡。我对他笑笑，他也对我笑笑，霍金斯也对我笑笑，我也报以微笑，每个人都很正点。

我走到前门，给门房两个铜板，飘下阶梯，沿着街道走到车子边。加州暮色迅速降临了，这是个美丽的夜晚。西天的金星像街灯一样明亮，像生活一样明亮，像韩翠丝小姐的眼睛一样明亮，像威士忌一样明亮。这可提醒了我，我把口袋里的酒瓶拿出来，谨慎地拍拍，拴紧软木塞，又收起来，回家以后还够喝上一回。

回家途中，我闯了五次红灯，不过好运与我同在，没有人阻挡我。我把车停在差不多是在公寓前面的地方，靠在差不多是在街边的某个位置。我搭乘电梯到住的那层楼，开门时有些困难，靠拿出酒瓶解解困意。然后才拿出钥匙开门，进了屋，找到电灯开关。在累倒之前，又吃了一点药。然后去厨房，拿一些冰块和汽水，调一杯真正的酒。

我觉得公寓里有股奇怪的味道——但一时想不出是什么——一种药味。我从来没有用过，出门前并没有。但是我心情太好，不想为这伤脑筋。我走向厨房，却只走到一半。

他们向我冲过来，几乎肩并肩，从壁床旁边的穿衣室走出来——两个人——两支枪。高个儿狞笑着，帽子压得很低，盖住额头。他有一张楔形脸，下半部分尖得像一个点，好像颠倒过来的方块A的顶点。他的眼睛又暗又湿，鼻子没有一点血色，好像白蜡做的。他的枪是一把柯尔特乌斯曼，枪管很长，前端磨掉了。这一切表明他很自以为是。

另一个混混长得有点像小狗，红发乱糟糟的，没戴帽子，水汪汪的眼睛空洞无物，蝙蝠一样的耳朵，小脚蹬着一双肮脏的白球鞋。手上的自动手枪对他来说好像太重了，但他好像很喜欢握着枪。他张着嘴，发出很大的喘息声，我原先闻到的味道正是他吐出的气息——薄荷味。

"举起手来，混蛋。"他说。

我把手举起来，没有其他的办法。

小个儿绕到一旁，从旁边向我靠近，轻蔑地说："说，我们逃不掉的。"

"你们逃不掉的。"我说。

高个儿依旧满不在乎地笑着，鼻子依旧看起来像白蜡做的。小个儿对着我的地毯啐了一口。"哈！"他走近来，斜着眼，用大枪扫了一下我的下巴。

我闪了开来。平常在这种情况下，这是我不得不采取，而且喜欢采取的动作。但是这次我感觉有如神助，简直天下无敌，我整套拿下——连人带枪。我扼住小个儿的喉咙，用力把他拽倒，用肚子顶住他，一把扭翻他拿枪的小手，把枪击落到地上。太轻松了，除了他的口臭，一切都感觉太爽了。他的嘴里流出串串口水，咒骂着。

高个儿冷眼旁观，没有开枪，没有移动。我想他的眼神看起来有些焦虑，不过我正忙着，没法确定。我把小混球按倒在地，抓起他的枪。我错了，我应该拔自己的枪才对。

我把他推开，他滚到一张椅子边，倒下来，开始狂暴地踢椅子，高个儿大笑起来。

"那里面没有撞针。"他说。

"好，"我诚恳地告诉他，"我满肚子都是好威士忌，准备出门办事。别浪费我太多时间。你们想要什么？"

"里面还是没有撞针，"蜡鼻子说，"试试看。我从来不让弗瑞斯基携带上膛的枪,他太冲动。老兄,你刚才那一手真漂亮。我不得不夸你。"

弗瑞斯基坐在地板上,对着地毯又啐了一口,大笑起来。我端起大自动枪对着地板,扣了一下扳机,扳机硬硬的咔嚓一声,但感觉起来好像上了子弹似的。

"我们没有伤害你的意思,"蜡鼻子说,"这一趟不会,也许下趟吧!谁知道呢?也许你是个识相的家伙。别插手小吉特的事,懂吗?"

"不懂。"

"你不肯听话?"

"不听。谁是小吉特?"

蜡鼻子不开心了,他轻轻晃了一下长长的点二二。"老兄,你应该好好修补一下你的记忆力,同时修理一下你的门。太容易进来了,弗瑞斯基一口气就吹开了。"

"我知道。"我说。

"把枪给我。"弗瑞斯基咆哮道。他已经从地上站起来,但这次他冲向他的同伙,不是我。

"笨蛋,省省吧!"高个儿说,"我们只是传话,不要把他轰了,至少今天不要。"

"都是你说的!"弗瑞斯基怒吼说,想把蜡鼻子手上的点二二抢走。蜡鼻子不费吹灰之力就把他推到一边。这段插曲让我有时间把自动手枪换到左手,掏出我的鲁格。我把枪晃给蜡鼻子看,他点点头,但似乎并不在乎。

"他没有父母,"他悲伤地说,"我只好让他跟我到处跑,不要理他,除非他咬你。我们该走了,你记住,别插手小吉特的事。"

"你看到的是一把鲁格,"我说,"谁是小吉特?也许在你们走之前,我们可以请几个警察来坐坐?"

他疲惫地笑笑。"先生,我带这把小口径枪,是因为我百发百中。如果你认为能够拿下我,尽管来吧!"

"好吧!"我说,"你认识一个叫阿柏捷的家伙吗?"

"我见过一堆这种家伙,"他说着,又挤出一个疲惫的笑容,"也许认识,也许不认识。老兄,再会了,乖乖的啊。"

他慢慢走到门边,微微侧着身,这样可以随时盯着我,我也盯着他,以防万一谁先直接开枪,掂量开枪,或者看看喝了半肚子的好威士忌能否打中什么。我放他走,他看起来不像什么杀手,当然我也可能看错了。

趁我不注意,小个子又向我冲过来,伸出爪子抢走了我左手上的自动手枪,跳到门边,对着地毯又啐了一口,溜掉了。蜡鼻子跟在他背后——长长的尖脸,白白的鼻子,尖尖的下巴,疲惫的表情。我不会忘记他的。

他轻轻地关上门,我站在那里拿着枪发呆。我听到电梯上来又下去,然后停住。我仍然站在那里。马蒂不太可能雇两个那样的小丑来吓唬人。我想着这件事,但想不出所以然。我想起喝剩的半瓶威士忌,于是坐下来好好地享受了一番。

一个半小时后,我觉得好多了,但仍然想不出个所以然,只觉得很困。

电话铃把我吵醒了。我在椅子上睡着了,那是个很糟糕的错误,因为醒来时,头痛欲裂,两条毯子塞着我的嘴。不只脑后一个瘀伤,下巴还有一个瘀伤,两个都没有亚基马[①]苹果大,但是很痛。我觉得

[①] Yakima 位于美国华盛顿州,其所在的亚基马谷地以生产苹果驰名。

糟糕透顶，好像一条腿被截肢了。

我爬到电话边，趴在旁边的椅子上答话。对方的声音好像凝结着冰块。

"马洛先生吗？我是吉特先生。我们早上见过面。我想我恐怕对你太强硬了。"

"我自己也有些强硬。你儿子捶了我的下巴。我是说你的继子，还是你的养子——管他是什么。"

"他既是我的继子，也是我的养子。真的？"他听起来很感兴趣，"你在哪里见到他了？"

"韩翠丝小姐的公寓。"

"哦，原来如此。"冰块突然融化了，"很有趣。韩翠丝小姐怎么说呢？"

"她很喜欢，她很喜欢他捶我下巴。"

"原来如此。他为什么出手呢？"

"她把他藏起来，他听到我们的一些谈话，但不喜欢那些话。"

"原来如此。我想如果她肯合作的话，也许应该考虑——当然，不多——给她一些补偿。当然，我们得先得到保证才行。"

"价钱是五万。"

"恐怕不行——"

"别开我玩笑了，"我怒声说，"五万块钱，五万。我说给她五百块——只是开玩笑。"

"你好像用相当轻率的态度处理这整件事情，"他同样怒吼过来，"我不习惯那种事情，而且我也不喜欢。"

我打个呵欠，我才不管对方怎么说。"听着，吉特先生，你去打听看看，我是上好的人选，而且专心工作。这件案子有些不寻常的发展。

例如两个枪手跑进我的公寓要挟我,叫我别接吉特的案子。我不懂为什么事情会变得这么凶险。"

"老天爷!"他似乎被吓到了,"我看你最好立刻来我家一趟,我们讨论一下。我会派车去接你。你能马上来吗?"

"可以,但我能自己开车。我——"

"千万不要。我会派车和司机过去。他名叫乔治,你绝对可以信任他。他应该二十分钟之后赶到。"

"好吧!这样我正好有时间吃晚餐,喝点酒。叫他把车停在肯漠街转角,面对富兰克林的方向。"说完,我就挂上电话。

我洗完澡——水忽冷忽热——穿上干净的衣服,感觉不那么狼狈了。我喝了两杯,这回改喝小杯的,穿上轻便的风衣,下楼到街上。

车子已经等在那里,就在半条街之外的街边上。它看起来崭新锃亮,好像新市场开张,两盏流线型的前灯,两盏琥珀色的雾灯挂在前面的挡泥板上,两盏侧灯跟普通的前灯一样大。我走到车旁停下,一个人从阴影中走出来,手腕一挥,潇洒地把香烟丢到背后。他高大、魁梧、黝黑,戴着一顶尖尖的帽子,穿着一件长款上衣,系着皮带,闪亮的绑腿和马裤镶边,好像俄国军官的制服。

"马洛先生?"他戴着手套的手指碰碰帽尖。

"我是。不用客气,别告诉我,这就是那个吉特老头的车子。"

"其中的一辆。"清凉的声音叫人心神一爽。

他打开后门,我上了车,陷入柔软的椅垫。乔治坐到方向盘前面,启动大轿车。车子离开街边,绕过角落,发出的声音像皮夹里的钞票摩擦一样微小。我们往西走,似乎随着车流前进,但是超过了所有车辆。车子穿过好莱坞的中心,一直往西,走下日落大道,沿着落日的光辉来到安静清凉的比弗利山,骑马专用道把大道分成两条。

越过比弗利山,沿着山脚向上盘旋,我们看见远方大学建筑的灯火,向北舞动,直到贝沙湾。车子开始滑下狭窄的长街,那里高墙耸立,没有人行道和大门。豪宅巨院的灯火慷慨地照亮为时尚早的夜晚。四下悄然,没有动静。除了轮胎轻轻地在混凝土上发出的呼噜声外,没有别的声音。我们又往左转,我看见一个牌子写着卡维罗道。上到半路,乔治猛打方向盘,想左转进入两扇十二尺高的铁花门。接着事情发生了。

就在铁门后面,一对灯突然闪烁起来,喇叭嘶鸣,引擎怒吼。一辆车对我们急速冲来。乔治手腕一挥,直起身子,把车煞住,摘下右手手套,一气呵成。

车子开过来,车灯摇摆。"该死的醉鬼。"乔治头也没回地咒骂着。

可能是醉鬼。开车的醉鬼会到各种地方去喝酒。可能是。我放低身子蹲在车上,从腋下掏出鲁格,伸手去抓门把。我把门打开一点,抓着车门,看着窗户外面。车灯打在我脸上,我闪开了,等光线过去,又抬起头。

那辆车急速停下。门砰然打开,一个人跳出来,挥着一把枪大叫。我听过这声音,知道是谁。

"举起手来,你们这些混蛋!"弗瑞斯基对我尖叫。

乔治把左手放在方向盘上。我把车门再推开一些。街上的小个儿上蹿下跳,大呼小叫。他跳出来的那辆黑色小车除了引擎转动,没有别的声音。

"打劫!"弗瑞斯基吆喝着,"滚出来,站成一排,狗娘养的!"

我把门踢开,正要出去,鲁格就握在身旁。

"你们自找的!"小个儿大叫。

我猫下身——情况万分危急。他手上的枪吐火了,一定有人在里面放了撞针。我头后面的玻璃被击得粉碎。我眼角的余光看见——其实当时不应该会有任何余光的,乔治做了一个像涟漪一样优雅的动作,我举起鲁格,开始扣紧扳机,但身旁却响起一声枪响——是乔治开的枪。

我没有开枪,现在不需要了。

黑色轿车冲向前,暴怒地开下山去,狂吼着消失在远处。人行道中间的小个儿还在墙壁反射的光线下荒诞地抽搐着。

他的脸上有种黑暗的东西在蔓延。他的枪沿着混凝土弹跳着。他的一双短腿交叉,一头栽到路旁,接着,突然不动了。

乔治说:"哈!"闻闻左轮的枪口。

"漂亮的枪法。"我走出车子,站在那儿看着小个儿——缩成一团,什么也不是了。在耀眼的车灯下,他那肮脏的白球鞋发出一点微光。

乔治走出来站在我旁边。"兄弟,为什么认为是我开的枪?"

"我没开枪。我刚才看见你从背后拔枪,很漂亮,比蜜糖还甜美。"

"谢了,老兄。他们一定是来找杰罗先生的。我通常在这个时间从俱乐部载他回家,一身酒臭外加输了的赌债。"

我们走到小个儿跟前,低头看着他,没有什么可看的。他只是一个个头小小的人,死了,脸部中弹,满脸鲜血。

"把那些该死的灯关掉,"我怒吼说,"赶快离开这里吧!"

"房子就在对面。"乔治不在乎的口气好像他刚刚射杀的不是一个人,而是老虎机里的铜板。

"吉特父子跟这件事无关,如果你喜欢你的工作,应该知道这一点。咱们回我的公寓吧,重新开始。"

"懂了。"他不悦地说,跳回大轿车里,把雾灯和侧灯关掉。我坐到他旁边的副驾驶座上。

我们直接开出去，往山丘顶上爬。到了坡顶，我回头看破掉的窗子。车子最后面的地方有一扇小窗，没有防震，一大块玻璃不见了。他们如果找到能够与此吻合的玻璃的话，可以拿来当作证据。我想这不要紧，但也说不定。

在山丘顶上，一辆大轿车从我们旁边经过，向山下行驶。车里面的灯亮着，好像橱窗陈列似的，一对老夫妇直挺挺地坐着，仿佛在接受皇家敬礼。男人穿着晚宴服，戴着白色领巾和折叠帽。女人满身皮草，珠光宝气。

乔治满不在乎地经过他们，加大油门，快速右转进入一条黑暗的街道。他慢条斯理地说："那对赴宴的夫妇会吓得灵魂出窍，打赌他们不敢报警。"

"是啊！我们回家去喝一杯吧。我从来都不喜欢杀人这档子事。"

5

我们坐着——杯子里有些韩翠丝小姐的威士忌——看着杯子后面的对方。乔治脱下帽子,相貌看来还不错,他的头上簇生着深褐色的头发,如同波浪一般,牙齿雪白洁净。他小口地啜着酒,同时叼着香烟。明亮的黑眼睛透出冷静的神采。

"耶鲁?"

"达特茅斯,如果这跟你相干的话。"

"什么事都跟我相干。当下,大学教育值些什么?"

"三餐好饭和一套制服。"他慢吞吞地说。

"小吉特是什么样的人呢?"

"金发大个儿,高尔夫球打得很好,觉得自己在女人面前很吃得开,喝酒喝得很凶,但到目前为止还没有呕吐在地毯上过。"

"老吉特又是什么样的人呢?"

"他可能给你一毛钱——如果他没有五分的话。"

"啧啧啧,你说的可是你的老板。"

乔治笑笑。"他小气得很,帽子捂得紧紧的,脱帽子的时候,头简直都会吱吱叫。我总是冒险,可能这就是为什么我只是别人的司机。好酒。"

我又调了一杯,用光了瓶子里的酒。我重新坐下来。

"你认为那两个枪手是藏起来要杀杰罗先生的？"

"可不是吗？我通常那个时候开车送他回家，不过今天没有。他宿醉厉害，很晚才出门。你是侦探，应该知道怎么回事，不是吗？"

"谁告诉你我是侦探？"

"除了侦探，没有人他妈的会问这么多的问题。"

我摇摇头，"嗯哼。我才问了你六个问题。你的老板十分信任你，他一定告诉你了。"

黝黑的汉子点点头，微微一笑，啜着酒。"整个圈套很明显，"他说，"等车子开始转弯开进车道时，这些家伙就动手。不过我想他们没想要杀人，只是吓唬人而已，只是那小个儿是混蛋。"

我看着乔治眉毛。这整齐的黑色眉毛，闪着一丝光泽，好像马鬃。

"马蒂·艾斯特似乎不会找这样的助手。"

"当然，不过也许正是因为大家都这样以为，他才故意找这种帮手的。"

"你很聪明，我们也许合得来。但是杀了那个小混混把事情弄糟了，你要怎么办呢？"

"不怎么办。"

"好吧！如果他们找上你，发现你的枪和这件事有关联，如果到时你还有那把枪的话——你可能不会有了——我想可以说成企图持枪抢劫。只是有一点。"

"哪一点？"乔治喝完第二杯，把杯子放在一边，又点燃一支香烟，微笑着。

"在前座很难看清车辆——尤其在晚上，虽然亮那么多车灯，但可能只是个访客呢！"

他耸耸肩，点点头。"但如果只是恐吓，效果也一样。因为整个家里很快会传开,老头会猜测这伙人是哪些路子——还有为什么。"

"去你的,你真的很聪明。"我敬佩地说,接着电话铃响起来。

是个英国管家的声音,发音非常简洁地道,问我是否就是菲利普·马洛先生,吉特先生要和我说话。他立刻接过话筒,声音夹着厚厚的冰霜。

"我不得不说你可真是不慌不忙地接受命令啊!"他吼着,"还是我的那个司机没有——"

"有啊,他来了,吉特先生"我说,"但我们碰上一些小麻烦。让乔治告诉你好了。"

"年轻人,我要你办事情的时候——"

"听好,吉特先生,我今天够辛苦了。你的儿子喂了我的下巴一拳,我跌倒撞破了头。等我挣扎回到家,半死不活时,又被两个凶巴巴的混混拿着家伙要挟,让我不要再管吉特的事。我尽了力,但我觉得有点虚弱,所以别吓我。"

"年轻人——"

"听着,"我诚恳地告诉他,"如果你要照自己的方法打这场球,就自己带球上篮吧!雇个接受命令的阿三,你还可以省下很多钱呢!我必须用我的方法做事。今天晚上,有条子来找我吗?"

"条子?"他酸不溜丢的声音回响着,"你是说警察?"

"一点没错——我是指警察。"

"我为什么会看见警察?"他几乎吼了出来。

"半个小时之前,你的大门前有一具死尸。死人,懂吗?个头很小。如果你看了心烦,可以把他扫起来放进畚箕里。"

"我的天!你说的是真的?"

"是。还有——他向我和乔治开了一枪。他认出了那辆车,一定是要整你儿子,吉特先生。"

一阵带刺的沉默。"我想你说的是一个死人,"吉特先生的声音冰冷,"现在你却说他对你开枪。"

"那是他还没有死的时候。乔治会说给你听的。乔治——"

"你立刻给我过来!"他透过话筒对我吼道,"立刻,听到没?马上!"

"乔治会说给你听的。"我轻轻地说,然后挂上电话。

乔治冷冷地看着我,站起来,戴上帽子。"好吧!老兄。"他说,"也许有一天我会找些轻松的差事给你做做。"他往门口走去。

"一定得照我的方式,就看他了。他自己做决定吧!"

"疯子,"乔治回过头来,"省点力气吧!大侦探。你对我说什么都只是响错地方的噪音罢了。"

他打开门,走出去,关上门。我呆坐在那里,握着电话,嘴巴张得老大,里面除了舌头和不好的滋味,什么也没有。

我走到厨房,摇摇威士忌酒瓶,还是空的。我开了一瓶黑麦酒,吞了一口,是酸的。不知什么事情困扰着我。我有种感觉,在我办完这差事之前,它还会继续困扰我,而且越发厉害。

他们一定和乔治只有一步之差。电梯下去停止后,几乎同时又往上升。沉重的脚步声沿着走廊越来越近。一个拳头击打在门上。我走过去,打开门。

一个穿着褐色衣服,一个穿蓝色,块头都很大,很强壮,令人厌烦。

穿褐色衣服的用满是雀斑的手把帽子往后一推,说:"菲利普·马洛?"

"我就是。"

他们结结实实地押着我走回房间，穿蓝衣服的关上门。穿褐色衣服的掏出警徽，让我看了一眼镀金和珐琅的光芒。

"芬莱森，刑事警官，总局刑事组。这位是西伯德，我的搭档。我们是来办正事的，不开玩笑，听说你的枪法不赖。"

西伯德脱掉帽子，用手掌拍拍灰白的头发，悄无声息地走向厨房。

芬莱森坐在椅子边缘，用像冰块一样方正，像芥末一样焦黄的拇指指甲弹弹下巴。他比西伯德老些，但没有他帅，一脸猥琐，一个没有过多大出息的老警察的表情。

我坐下来，说："枪法不赖，什么意思？"

"我是说杀人啰！"

我点了一根香烟。西伯德走出厨房，走到壁床后面的更衣室。

"我们知道你是有执照的私家侦探。"芬莱森低沉地说。

"没错。"

"拿来。"他伸出手。我把皮夹给他。他仔细翻了一遍，还给我，"有枪吗？"

我点点头。他伸出手要枪。西伯德从更衣室走出来。芬莱森嗅一嗅鲁格，打开弹匣，清除枪栓，拿着枪好让光线透进弹匣入口，照到枪把里面的枪栓尾。他看看枪管，眨眨眼。又把枪交给西伯德，后者重新演练了一遍同样的动作。

"不会吧，"西伯德说，"枪膛干净，但又不是那么干净。一个小时之内没有清理过，有一些灰尘。"

"没错。"

芬莱森把掉在地毯上的子弹捡起，塞进弹匣，把弹匣合起归位，然后把枪交还给我。我放回腋下。

"今天晚上出去过吗？"他简洁地问。

"别太抬举我,我只是个小人物。"

"机灵的家伙。"西伯德冷冷地说。他又拍拍头发,拉开一个书桌的抽屉,"有趣的事件,专栏的好题材。我喜欢——用我的警棍侍候。"

芬莱森叹了口气。"晚上出去过吗?大侦探。"

"当然有,整晚进进出出。怎么了?"

他无视我的问题。"去过哪里?"

"吃晚饭,见客户什么的。"

"在哪儿?"

"老兄,很抱歉,每个行业都有秘密。"

"还有客人哩!"西伯德拿起乔治的杯子,闻了一下,"最近的——一个小时之内的事。"

"你还没那么聪明。"我讽刺他说。

"坐着大凯迪拉克兜风?"芬莱森纠缠不休,深吸一口气,"往洛杉矶西边方向?"

"坐着克莱斯勒——往葡萄树街方向。"

"也许我们最好带他去局里。"西伯德看着指甲说。

"也许你最好省省力气,少来吓唬不良少年的那一套,告诉我你肚子里在想什么。我和条子相处得很好——除了他们以为法律只是为了保护广大市民的时候。"

芬莱森打量着我。我所说的话到目前为止没对他起任何作用,西伯德说的话也没有打动他。他抱定一个主意,就像生病的小孩那样紧抓不放。

"你认识 个叫弗瑞斯基·拉文的鼠辈吗?"他叹息说,"从前是照顾场子的,后来觉得可以另谋发展,已经干了有十二年吧。拿着一把枪,头脑简单。可是今天晚上大概七点半左右,他再也不会胡闹了。

一身冰冷——脑袋里装了颗子弹。"

"从没听说过他。"

"你今天晚上干掉什么人了吗?"

"我得查查记事本。"

西伯德礼貌地倾了倾身,问道:"你介意脸上来一下吗?"

芬莱森迅速伸出一只手,"西伯德,行了,行了。听着,马洛。也许我们这次弄错了。我们说的不是谋杀,可能还是正当防卫。这个叫弗瑞斯基的家伙今天晚上在贝尔区的卡维罗道被打死了,就在大街中央。没有人看见或听见什么。所以我们想了解一下。"

"好啊,"我大声说,"但是关我什么事?叫那个调音师别碰我的头发。他的西装不错,指甲也很干净,可是他这身皮逼得太近。"

"去你的!"西伯德说。

"我们接到了奇怪的电话,"芬莱森说,"你就是这样被卷进来的。我们不是捕风捉影,我们要的是一把点四五,他们还不确定是什么牌子。"

"他很聪明,早就把枪丢到李维酒吧的台子下了。"西伯德嘲讽地说。

"我从来就不用点四五,"我说,"一个需要那么大的枪的人应该用铁锹才对。"

芬莱森对我蹙着眉,掰着大拇指,然后深吸一口气,忽然仁慈地对着我说:"当然了,我只是个笨警察,谁都可以在我跟前捣鬼,我甚至不会注意到。我们都少说废话,谈点正经的吧!

"一通匿名电话打到西洛杉矶警察局,结果我们发现这个弗瑞斯基死了,死在一个名叫吉特的人的大房子前。这个吉特拥有成串的投资公司,不会用像弗瑞斯基这种人当擦脚布,所以没什么可调查的。他的用人什么也没听到,那条街上的其他四家用人也什么都没听到。弗瑞斯基躺在街上,有人开车碾过他的脚,可是杀死他的是射中脸部的一颗点四五子弹。西洛杉矶警局还没开始行动,就有人打电话给总局,告诉刑事组如果想知道谁杀了弗瑞斯基·拉文,问问干私家侦探的菲利普·马洛,还说了你的住址什么的,然后很快挂了电话。

"好,组里给了我这件差事,我根本不认识弗瑞斯基是哪号人物。但我问了档案组,他们果然找到了他的资料。当时我正在看西洛杉矶来的报告,发现描述好像很接近,所以就凑在一起:果然是同一个人。刑事组组长派我们来这里,所以我们就来了。"

"所以你们就来了,"我说,"要喝一杯吗?"

"喝了酒,我们可以搜一下你的窝吗?"

"当然可以。这是个好线索——我指的是那通电话——如果你们花上六个月追查的话。"

"我们已经想过,"芬莱森怒气冲冲地说,"可能有一百个人会杀掉这个小瘪三,两三个可能想把事情赖在你头上,认为这么做很聪明,就是这两三个才引起我们的兴趣。"

我摇摇头。

"想不起什么?嗯?"

"只是说俏皮话在行啊。"西伯德说。

芬莱森双脚重重一跺站起来。"嗯,我们得四下看看。"

"也许我们应该带张搜查状来。"西伯德说,舌尖轻触了一下上唇。

"我不需要跟这家伙过招,对吗?"我问芬莱森,"我是说,如果我不在他的射程之内,不发脾气,就没事,对吗?"

芬莱森看着天花板,冷淡地说:"他老婆前天离开了他,我们都说他只是在找出气筒。"

西伯德脸色变白了,粗鲁地扭着指关节,然后突然干笑两声,站了起来。

他们开始动手。前后花了十分钟,开关抽屉,搜查橱架背后,椅子下面,放下床,窥探冰箱。垃圾桶可让他们倒尽了胃口。

做完工,两人回来又坐下。"真是疯了,"芬莱森疲倦地说,"也许哪个小子在电话簿上挑中你的名字,什么可能都有。"

"我去拿酒。"

"我不喝酒。"西伯德咬着牙说。

芬莱森双手叉在肚皮上。"小子,那也不意味着好酒就会被倒进花盆。"

我拿了三杯酒,两杯放在芬莱森旁边。他一口气喝了半杯,盯着天花板。"我还有一件凶杀案,"他思忖地说,"你们的同行,马洛,住在日落大道的胖子,叫阿柏捷,听过吗?"

"我听说他是辨认字迹的专家。"我说。

"这是该警方管的事。"西伯德冷冷地告诉他的搭档。

"是啊!警方的事,已经上了早报。这个阿柏捷被人用一把点二二射了三次,枪靶似的。你还认识什么这样的狂徒吗?"

我紧紧握着杯子,慢慢吞了一大口。我从没认为蜡鼻子看起来有多危险,可是这种事也说不准。

"认识,"我缓缓地说,"一个叫泰西罗①的杀手,不过他人现在关在佛森,用的枪是柯尔特乌斯曼。"

芬莱森喝完第一杯,又一口气喝完第二杯,立刻站了起来,西伯德也站起来,仍然火气很大。

---

①本书第四个故事《红风》中的杀手。

芬莱森打开门。"走吧！西伯德。"他们出了房间。

我听到他们的脚步声走下长廊，电梯再次哐啷哐啷响起。街上一辆车发动引擎，嘶吼着驶进黑夜里。

"那种小丑不会杀人的。"我大声说。但事实上，好像他们还是会杀人。

我等了十五分钟才又出门。等候时，电话响了，可是我没有接。

我开往米兰诺，绕了很多圈子，确定没有人跟踪我。

6

大厅半点儿没变。我慢步晃到柜台,蓝地毯依然搔着我的脚踝,同一个苍白脸的职员正拿钥匙给两个身着粗花呢的马脸女人。他看见我,又把重心放在左脚上,柜台尾端的门立刻弹开,弹出好色的胖子霍金斯,嘴上叼着的好像仍是同一支雪茄。

他摇晃过来,这回送我一个温馨的大笑脸。他抓住我的手臂,咯咯笑说:"正是我想要见的人。我们上楼去一下。"

"什么要紧事?"

"要紧?"他的脸笑开了花,好像双车车库的门,"没什么要紧的,这边请。"

他把我推进电梯,说"八楼",声音甜腻愉快。我们往上升,出了电梯,沿着走廊向前滑行。霍金斯的手强而有力,而且知道该抓胳膊的哪个部位。我兴致很高,所以听任他摆布。他按了韩翠丝小姐门边的电铃,里面的大钟响了,门开了。我看见一个面无表情的小丑戴着牛仔帽,穿着晚宴服。他右手放在外套口袋里,帽子下面一双带疤的眉毛,眉毛下面眼睛的表情和瓦斯筒上的盖子一样丰富。

那张嘴动了一下,只够发出"喔?"的音节。

"老板的客人。"霍金斯殷勤地说。

"哪个公司?"

"让我来,"我说,"贪心的苹果股份有限公司。"

"呃?"那对眉毛左右摆动了一下,然后下巴突出来,"这是开哪门子的玩笑。"

"等等,各位——"霍金斯开口了。

牛仔帽后面响起的声音打断了他,"毕夫,怎么回事?"

"他泡在汤里。"① 我说。

"你,这混蛋——"

"等等,各位——"霍金斯跟刚才一样。

"没什么要紧的,"毕夫把声音抛到肩后,好像丢了根绳子,"旅馆探子带了一个人上来,说是客人。"

"毕夫,让客人进来。"我喜欢这个声音,平滑安静,似乎你甚至可以拿一把三十磅的铁锤和冰冷的凿子把名字刻进去。

"抬高你的狗腿。"毕夫说着站到一边去。

我们走进去,我先,霍金斯殿后,然后毕夫像扇门一样谨慎地跟在后面。我们挨得很近,看起来一定像一个三层三明治。

韩翠丝小姐不在房里。火炉上的木头几乎停止了闷燃。空气里还残留着檀香味,混合着香烟味。

一个人站在长沙发尾端,两只手插在蓝驼毛料大衣口袋里,衣领翻得老高,挨到一顶黑宽边帽。一条围巾松松地披在大衣上。他静立不动,嘴里的香烟冒着烟雾。他很高,黑发,优雅,危险。他不吭一声。

霍金斯挨过去。"艾斯特先生,我跟你提的就是这家伙,"胖子咕噜咕噜,嘴角吐泡,"今天早些时候来讨,说是从你那边来的,差点唬

---

① 毕夫(Beef)在英语中是牛肉的意思,马洛故此调侃。

了我。"

"给他十块，毕夫。"

牛仔帽不知从哪里伸出左手，掏出一张钞票，塞给霍金斯。霍金斯拿了钱，脸红起来。

"这其实没有必要，艾斯特先生。不过还是谢谢了。"

"滚！"

"呃？"霍金斯一脸错愕。

"你听到了，"毕夫蛮横地说，"要你抬起肥屁股滚到外面去，哼！"

霍金斯强自镇定。"我必须保护房客。你们各位应该了解，这是我分内的事。"

"得了，快滚！"艾斯特嘴一动不动地说。

霍金斯转过身，迅速地蹑手蹑脚出去，轻轻阖上了门。毕夫回头看了一眼，然后走到我后面。

"看他有没有枪，毕夫。"

于是牛仔帽对我进行了搜身，他拿走鲁格，走到一边。艾斯特不在乎地看看鲁格，然后看看我，他的眼底写着漠然厌恶的表情。

"菲利普·马洛？私家侦探。"

"所以呢？"我说。

"某人的脸要被某人推到某人的地板上。"毕夫冷冷地说。

"喔，留下你的废话去煮汤吧！"我告诉他，"今天晚上，我受够了一堆耍狠的莽汉。我说'所以呢'，就是'所以呢'。"

艾斯特看起来和善愉快。"去去，把衣服穿好。我来照顾朋友，好吧？你知道我是谁了。好，我知道你对韩翠丝小姐说了什么，而且我知道些关于你的事，你却不知道这点。"

"很好,"我说,"这个肥猪霍金斯下午收了我十块钱,让我上来这里——明明知道我是谁——刚刚又收了你的十块钱,把我推入火坑。把枪还我,然后告诉我为什么我的事成了你的事。"

"理由很多。第一,哈丽叶不在家。我们都为了同一件事在等她,可是我不能再等了,得去俱乐部上班。你这次来是追查什么?"

"找吉特家的少爷。今晚有人对他的车开枪。从此以后,他需要有人跟在他背后。"

"你以为我会玩那种游戏?"艾斯特冷冷地问我。

我走到一个橱柜,打开,找到一瓶威士忌。我把瓶盖扭开,从矮几上拿起一只杯子,倒了些出来,尝了尝,味道不错。

我四处张望着找冰块,可是没看到,因为它们早就在冰筒里融化了。

"我在问你问题。"艾斯特严肃地说。

"我听到了。我正在想。答案是——我自己也想不到——不会。不过事情发生了,我亲眼看见,我人就在车子里——不是吉特少爷。他老爸派人接我去他家讨论大事。"

"什么大事?"

我露出惊讶的样子,"你手里握着吉特小子五万块的纸头。如果他出事,你可就难看了。"

"我可不会这么想。因为这样我的钱就泡汤了。那老头不肯付——保证不肯。但我可以等个两年,从那小子身上收回来。他二十八岁的时候就可以从基金里领出属于自己的那部分,现在他一个月领一千块钱,什么也挤不出来,所有的钱都还在基金里。懂吗?"

"所以你不会做掉他,"我说着,喝了一口威士忌,"但你可能想吓吓他啊!"

艾斯特皱起眉头,把香烟丢到烟灰缸里,看着烟雾缭绕,然后又捡起来捻熄,摇摇头。

"如果你要当他的保镖,几乎是帮我的大忙,不是吗?简直就是。干我这行的,没有能耐照管每件事情。他已经成年,他爱跟谁跑是他的事。例如,女人。好女孩为什么就不能从五百万里分一杯羹呢?"

我说:"这主意好极了。那现在告诉我,有什么是你知道,我却不知道你知道的事?"

他微微一笑。

"你等着要告诉韩翠丝小姐什么事——出了什么事?"

他又微微一笑。

"听着,马洛,玩游戏有很多种方式。我只要坐收抽头就赢了,为什么要耍狠呢?"

我拿着一根新的香烟在手指上滚动着,试图用两根手指夹着香烟绕着玻璃杯转,"谁说你狠来着?我总是听说你的好话。"

艾斯特点点头,看起来有些开心。"我有消息来源,"他安静地说,"当我投资五万块在一个小子身上的时候,我当然会调查一下他的事。吉特雇了一个叫阿柏捷的家伙做事。阿柏捷今天在办公室里被杀了——一把点二二干的。那可能和吉特的事情毫无关联,但有人跟踪你到过那里,你没告诉警察。这下我们可以做朋友了吗?"

我舔舔玻璃杯缘,点点头。"好像可以。"

"从现在开始别再骚扰哈丽叶,行吗?"

"好。"

"所以现在我们彼此认识了?"

"嗯。"

"好,我要上路了。毕夫,把枪还给人家。"

牛仔帽走过来,把枪摔在我手上,力气大得可以砸烂一根骨头。

"待一会儿?"艾斯特问,走向门口。

"我想多留一会儿,等霍金斯上来再向我揩十块钱。"

艾斯特笑笑。毕夫木然地走到他前面,打开门。艾斯特出去了,门关上,房间一片沉寂。我嗅一嗅消失的檀木香水味,一动不动,四处张望。

有人疯了,我是疯子,每个人都是疯子。没有一件事合情合理,没有一件事有价值。按照马蒂自己说的,他没有谋杀任何人的合理动机,因为这样一定会杀了他下金鸡蛋的母鸡。即使他有杀人动机,蜡鼻子和弗瑞斯基看来也不会是他挑选来干活儿的人。我和警察交恶,花掉二十元零花钱里的十块钱,可还是没找到一根杠杆可以撬动雪茄柜台上的一毛铜板。

我喝完酒,放下杯子,在房间里走来走去,抽着第三根香烟,看看我的表,耸耸肩,心情很糟糕。套房里的门都关着。我走到其中一扇前,心想那个下午小吉特一定是从那里溜出来的。打开门后,我看到里面的卧房是象牙和粉玫瑰颜色,一张很大的双人床没有脚垫,盖着缇花布。化妆用品放在连壁的化妆台上,在灯光下闪闪发光。灯亮着,床边的桌子上有一盏小灯,也亮着。化妆台旁边的一扇门后面露出清凉的绿色的浴室瓷砖。

我走过去,看看里面,是镀铬框的玻璃冲澡间。架上挂着绣着名字的浴巾,浴缸下面有一个玻璃架子摆着香水和浴盐,东西都很美观精致。韩翠丝小姐混得很不错,我希望她是自己付房租,虽然谁出钱对我来说没有什么区别,可是我喜欢那样。

我走回客厅,停在门口,回头再愉快地看一眼,忽然注意到我早在踏进房间时就该注意到的东西。我闻到空气中一丝尖锐的火药味,还未完全消散。然后我又注意到别的东西。

床被移动过，床头卡着一扇没有完全关紧的衣橱门。床顶着门，不让门打开。我走过去，试图找出这扇门关不上的原因。我缓缓地走过去，走到一半，才发现自己手里还握着枪。

我斜靠在衣橱门上，门没有移动。更用力些，还是没有移动。我靠着门，用脚把床推开，慢慢地挪出一点空间。

一股很重的力量压向我。在事情可能发生之前，我往后退了一英尺左右。接着事情突然发生了。他出来了——侧着身子，像是要滚出来。我用力顶着门，同时稍微扶他一下，看了看他。

他块头还是很大，头发仍是金黄，仍然穿着粗纹休闲衣，戴着丝巾，穿着开领衬衫。可是他的脸不再红润。

我又挪了一步，他从门后滚下来，好像游泳的人在波涛里翻转一下，摔在地板上，躺在那里，背部着地，依然看着我。床边的灯照亮他的头。粗纹外套上有烧焦粘湿的污渍——大概是心脏的地方。所以他还是拿不到那五百万了。没有人拿得到一分钱，艾斯特也拿不到他的五万块，因为年轻的杰罗先生下了地府。

我察看他待过的衣橱，现在橱门大开。里面的架子上都是衣服，女人的衣服，上好的衣服。他被塞在衣服后面，可能是双手高举，胸前顶着一把枪，然后被枪杀的。不管是谁干的，那人不是手脚不够快就是力气不够大，无法把门完全关上。或者吓坏了，然后把床拉过来顶住，匆忙离开了。

地板上有样东西发亮，我捡了起来，是一把小型自动手枪，点二五口径，女人放在皮包里的枪。枪托雕着美丽的纹饰，镶着白银和象牙。我把枪放进口袋里。这又是一桩奇怪的事。

我没碰他，他却和阿柏捷一样丢了性命，而且看起来死得更惨。

我没有关门,屏息凝神,很快穿过房间,走回客厅,关上卧室门,然后擦抹门把手。

门锁处响起钥匙开门的声音。霍金斯又回来了,看看我为什么逗留。他用通用钥匙进来的。

他走进来时,我正在倒酒。

他走到房间中央,双脚站定,冷冷地打量我。

"我看见艾斯特和他的人走掉了,没看到你离开,所以上来瞧瞧。我必须——"

"必须保护客人。"我接口说。

"没错,我必须保护客人。你不能待在这里,老兄——房子的女主人不在家。"

"可是艾斯特和他的驴子可以。"

他靠近一些,眼睛散发出凶狠的光芒。他可能早就如此,只是我现在才注意到。

"你不想拿这件事大做文章吧?"他问我。

"不想。每个人都有缺点。喝一杯吧!"

"那不是你的酒。"

"韩翠丝小姐给了我一瓶,我们是老交情,艾斯特和我也是老交情,每个人都是老交情,你不想套老交情吗?"

"你不是在耍我吧?"

"喝杯酒,一笔勾销。"

我找了一只杯子,替他倒酒。他接过去。

"如果有人闻出来,就说是工作需要。"他说。

"嗯哼。"

他缓缓地喝了一口,在舌头上咂了一咂。"好酒。"

"不会是第一次品尝吧？"

他又开始凶狠起来，不过马上又放松下来，"去你的，我看你只是爱说笑。"他喝完酒，把杯子放下，拿出一条很皱的大手帕拍拍嘴，叹了口气。

"好了，"他说，"我们该走了。"

"没问题。我想她一时半会儿不会回来。你看见他们出去的？"

"她和男朋友。没错，很长时间了。"

我点点头。我们走向门口，霍金斯看着我走出去，看着我下楼，看着我离开他的地盘，但是他没看到韩翠丝小姐卧房里有什么。我猜他会再回去。如果他回去了，那瓶威士忌大概会让他什么也发现不了。

我坐进车，开回家——回去打电话给安娜·哈西。现在没有案子了——对我们来说。这次我把车子好好地停在街边，感觉却并不轻松。我乘电梯上楼，开了门，打开灯。

蜡鼻子坐在我最好的一把椅子上，指间夹着一根手卷的褐色香烟，没有点着，瘦骨嶙峋的膝盖交叉着，长筒的乌斯曼稳稳地放在腿上。他微笑着，不过并不是我见过最美的微笑。

"嗨，老兄，"他慢吞吞地说，"你的门还是没修好，关不紧，哼？"他的声音尽管慢吞吞，却可以致命。

我关上门，站在那儿看着房间那头的他。

"是你杀了我的搭档。"他说。

他缓缓地站起来，慢慢走过来，把点二二靠在我的喉咙上。他微笑着，薄薄的嘴唇尽管在笑，却好像白蜡鼻子一样毫无表情。他一声不响地伸手进我的大衣，拿出鲁格。我看从此以后，还是把这支枪留在家里算了。城里的每个人好像都有本事从我手里把它拿走。

他又往后退到房间那头，坐在原先那把椅子上。

"放松,"他的声音几近温柔,"朋友,坐下来。别乱动,千万别动。你和我都在起跑线上,时钟滴答响,我们随时准备开跑。"

我坐下来,盯着他。怪鸟一只。我润润干裂的嘴唇。"你说他的枪没有撞针。"我说。

"是啊!他骗了我,这个小瘪三。我还告诉你别管吉特小子的事。现在他死透了。我想弗瑞斯基疯了,不是吗?竟然为个傻瓜操心,带着他到处跑江湖,结果还是让他被人给干掉了。"他叹了口气,简单的补充道,"他是我弟弟。"

"我没杀他。"我说。

他的笑容更加灿烂。他一直在笑,嘴角也越陷越深。

"是吗?"

他把鲁格的保险扳开,谨慎地放在椅子右边的扶手上,手伸进口袋,拿出来的东西叫我手脚发冷。

那是一根金属管,黑黑的,看起来很粗糙,大约四英寸长,上面钻了很多小洞。他举起左手的乌斯曼,开始漫不经心地把金属管装到枪口上。

"消音器,"他说,"我猜你们这些聪明鬼认为这是唬人的,这一支可不唬人——连发三枪都可以。我很清楚,因为是我自己做的。"

我又舔舔嘴唇,说:"我看只能发一枪,然后就会卡住。这支看起来像铸铁,可能还会打烂你的手。"

他笑了笑,依然是白蜡般的微笑,缓缓地、满怀怜爱地把消音器装上,很用力地最后一转,然后又悠闲地坐回去。"这个宝贝不会,装了钢绒,可以射三发,就像我说的。然后你得重新装上,这玩意没有足够的后劲卡住枪。你感觉不错吧?我希望你感觉很好。"

"我觉得好极了,你这狗娘养的虐待狂。"

"等一下，我要你躺在床上，你不会有感觉的。我对杀人有些挑剔。我想弗瑞斯基没感觉到痛苦。你干得很利落。"

"你没看清楚，"我冷笑着说，"是那个司机拿史密斯＆威森点四五干掉他的。我的枪都没开火。"

"嗯哼。"

"好，你不相信我。你为什么杀死阿柏捷？你杀他的时候，手法可一点都不挑剔。他就在办公桌前面被杀，一支点二二，连开三枪，他倒在地上。"

他把枪举起来，但是笑容依然，说："你有种。这个阿柏捷是谁？"

我说给他听。我慢慢地、认真地说给他听，巨细靡遗。我说了很多，他看起来似乎有些焦虑。目光对着我闪烁，然后移开，又移回来，蠢蠢不安，好像蜂鸟。

"我不认识什么叫阿柏捷的人，老兄，"他缓缓地说，"没听过这号人物，而且我今天没射杀什么胖子。"

"你杀了他。你还杀了小吉特，在米兰诺一个女孩的公寓里。他死了，现在就躺在那里。你替马蒂·艾斯特工作。杀了那个人会让他后悔至极。动手吧！试试你那三枪连环炮。"

他的脸僵住了，笑容终于退去，现在整张脸都像白蜡。他张大嘴呼吸，不停地发出焦虑不安的呻吟。我可以看出他前额的汗珠微微发光，也可以感觉到从我的身体流出的冷汗。

蜡鼻子非常轻柔地说："朋友，我没有杀人，一个也没有。我不是被雇来杀人的。在弗瑞斯基吃那颗子弹之前，我想都没想过。这是实话。"

我忍住不去看那把乌斯曼尾端的金属管。

他的眼底闪起一丝火苗，小小的，微弱的，迷茫的火苗。火苗好像越烧越大，越来越清晰。他低头看着两脚之间的地板。我转头看看电灯开关，开关太远。他又抬起头，缓慢地拧下消音器，放在手里，丢进口袋，站起来，握着两把枪，一只手一把。然后他又想到什么，重新坐下来，很快把鲁格内的子弹都掏出来，连枪一起统统丢到地上。

他轻轻穿过房间朝我走来。"我想今天是你的幸运日。"他说，"我得去一个地方，看一个人。"

"我一直都知道今天是我的幸运日，我感觉良好。"

他敏捷地绕过我身边，走到门口，打开一英尺宽的缝，正要从这个窄缝钻出去，这时脸上又堆起了笑容。

"我得去看一个人。"他非常轻声地说，舌头沿着嘴唇舔了一圈。

"现在还不行！"我说着跳了起来。

他握枪的手就在门边，可以说几乎伸出门外了。我用力把门推上，他没来得及把手缩回来，他出不去了。我把他卡在门口，使尽吃奶的力气。这真是疯狂的举动。他饶了我，我只要乖乖站着，让他走人就好。但我也有人要见——我要第一个见到他。

蜡鼻子斜眼瞪了我一眼，咕噜了一声，用扳在门外的手拼命撑开门。我挪开一步，用尽力气打中他的下巴。这样就够他受的了。他身子一软，我又打了他一拳，他的头撞在木头上。我听到门边响起轻轻的撞击声。我给了他第三拳，我从来没有这么用力地打过什么东西。

我把重心从门上收回来，他倒向我，眼眶青肿，膝盖发软。我抓住他，把他空空的双手扭到身后，让他摔倒在地。我站在他身边喘息了一会儿，接着走到门外，他的乌斯曼就躺在门槛上。我捡起枪，放进口袋——不是放韩翠丝小姐手枪的那个口袋。他甚至没发现那支枪。

他躺在地板上，很瘦，没有重量。但我照样气喘如牛。过了一小会儿,他睁开眼睛向上看着我。

"狡猾的家伙,"他疲惫地低语,"我干吗放了你呢?"

我把手铐铐在他腕上,拖着他的肩膀进了穿衣间,用绳子绑住他的脚踝。我让他背着地躺着,稍稍侧一点身子,他的鼻子还是一样白,但眼神现在变得空洞了,他的嘴唇动了一下,好像在自言自语。奇怪的家伙,并不坏,但还不至于无辜到让我为他落泪的地步。

我给我的鲁格上了子弹,带着三把枪离开。公寓外面没有任何人。

7

吉特大宅坐落在山丘上,占地大约九或十亩,一栋殖民风格的庞然大物,一排粗壮的白色柱子,半圆形的大窗户,到处都是木兰花,一间容纳四辆车的车库。车道顶端有一个环形停车场,上面停了两辆车——一辆是我先前乘过的无畏战舰,另一辆是我先前见过的金丝雀黄敞篷跑车。

我按了一下银币大小的电铃。门开了,一个高个,长着一双窄窄的冷酷眼睛,身着一身黑衣的家伙探出头看着我。

"吉特先生家吗?老吉特先生。"

"请问您哪位?"口音有些重,似乎是蹩脚的苏格兰口音。

"菲利普·马洛。我在为他工作,也许我得从仆人的通道进去。"

他一根手指摸摸翘着的领结,看着我,一点也不觉得好笑,"喔,可能。你可以进来。我这就去通知吉特先生,我相信他现在正忙着,请你在大厅等一下。"

"装得真烂,"我说,"现在的英国管家不会说'你',他们说'您'。"

"耍聪明,嗯?"他怒斥说。那个发音不可能是渡过大西洋来的,我看最远不会超过新泽西。"在这里等。"他走开了。

我坐在雕花的椅子上,觉得口渴。过了一会儿,管家沿着大厅蹑手蹑脚回来,不悦地对我抬抬下巴,示意我过去。

我们走过一英里的长廊。走廊尽头的空间豁然开朗,四面无门,是一间偌大的阳光房。管家走到房间另一边,打开一扇大门,让我进去。里面是一间椭圆形格局的房间,铺着黑银相间的椭圆形地毯。地毯中间立着一张黑色大理石餐桌。僵硬的高背雕花椅靠墙摆着。一个偌大的椭圆形凸镜把我照成脑袋进水的小矮人。房间内还有三个人。

在我进来的那扇门对面,司机乔治笔挺地站立着,他一身整齐的暗色制服,手上拿着鸭舌帽。韩翠丝小姐坐在一张最不舒服的椅子上,手里拿着一个酒杯,里面还剩半杯酒。在那块椭圆形地毯的银色边缘,老吉特先生摆出一副要出门慢跑,却被事务缠身,因而怒火中烧的样子。他的脸涨得通红,鼻子上的血管也向外突出。他双手插在丝绒家居外套的口袋里,穿着一件打褶衬衫,胸前有一颗黑珍珠,戴着黑色蝙蝠翼状领结,一只名牌牛津皮鞋没绑鞋带。

他对我背后的管家又吼又叫:"滚出去!把那些门都关好!谁来都说我不在家,知道了吗?我谁都不见!"

管家关上门。他应该走了。我没听到他的脚步声。

乔治抛给我半个冷笑,韩翠丝小姐在杯子上方冷冷地瞪了我一眼,"你回来得正好!"她端庄地说。

"你冒险把我一个人留在你的公寓,"我告诉她,"我可能会偷走一些香水。"

"哼,你要什么?"老吉特对我吼道,"你可是了不得的大侦探。我派你做保密工作,你却大刺刺地走进韩翠丝小姐家,把整件事解释给她听。"

"起作用了!不是吗?"

他瞪着我,他们都瞪着我。"你怎么知道?"他又咆哮起来。

"我一看就知道她是好女孩。她来这里就是要告诉你,她觉得自己之前的想法不太好,希望你不要再担心。杰罗先生在哪里呢?"

老吉特停住了,狠狠瞪我一眼。"我仍认为你是个无能之辈,"他说,"我儿子失踪了。"

"我不替你工作,我替安娜·哈西工作。有任何抱怨,你应该告诉她才对。我自己倒杯酒,还是要你穿紫衣的奴才替我倒?还有你说你儿子失踪了,是什么意思?"

"要我收拾他吗?"乔治安静地问。

吉特挥手指指黑色大理石桌子上的盛酒器、苏打水和杯子,又开始绕着地毯走,"别犯蠢。"他怒斥乔治。

乔治脸红了,面颊红扑扑的,嘴唇抿得紧紧的。

我替自己调了一杯酒,坐下来品尝;接着又问了一次,"吉特先生,你说你儿子失踪了,是什么意思?"

"我付给你的可是好价钱。"他又开始冲我吼起来。

"什么时候?"

他停在盛酒器前,又看着我。韩翠丝小姐轻轻笑了起来。乔治阴沉着脸。

"你以为我是什么意思——我儿子失踪了,"他反唇相讥,"我认为这句话足够清楚,特别是对你来说。没有人知道他在哪里,韩翠丝小姐不知道,我不知道,没有人知道他可能去哪里。"

"可是我比他们聪明,"我说,"我知道他在哪里。"

整整一分钟都没有人动。吉特眼珠凸出,瞪着我。乔治瞪着我,女孩瞪着我。她满脸疑惑。另外两个人只管瞪着我。

我看看她,"愿意的话,请你说说你们出门后,去了哪里?"

她深蓝的眼睛清澈如水。"这没什么不能说的。我们一起出去——坐出租车走的。杰罗交通违章太多次，驾照被吊销一个月。我们往海滩去——你可能猜到了，我改变了心意。我承认自己不过是个骗子，但我不是真的要杰罗的钱，只是为了报复。报复吉特先生毁了我父亲，当然手段完全合法。但是弄了半天，我发现自己恨不起来，也不像个骗子，所以我告诉杰罗去找别的女孩。他很恼火，我们吵了一架。我在比弗利山下了车。他继续往前，我不知道他去了哪里。后来我回到米兰诺，从车库取车来了这里。告诉吉特先生忘了整件事，别再费心去找私家侦探跟踪我。"

"你说你和他坐出租车走，"我说，"如果他不能自己开车，为什么不叫乔治载他呢？"

我盯着她，但话不是说给她听的。吉特冷冷地回答我："乔治要载我从办公室回家。那个时候，杰罗已经出去了。这有什么重要的？"

我回头看他。"有。接下来很重要。杰罗先生在米兰诺。公寓保安霍金斯告诉我，他回去等韩翠丝小姐，霍金斯让他进她的公寓等。只要施以小惠——给他十块钱，霍金斯会帮这类忙。他可能还在那里，也可能不在。"

我一直看着他们，要同时看住三个人很不容易，但他们都没动，只是看着我。

"哎——很高兴听你这么说，"老吉特说，"我以为他跑到哪里去买醉了。"

"不，他没到哪里去买醉，"我说，"还有一件事，你打电话到处找他，有没有给米兰诺打？"

乔治点点头。"有，我打了。他们说他不在那里。看起来这个公寓保安买通了接线女孩。"

"他不需要那么做。她尽可把电话接上去，只是杰罗当然不会接电话。"我又冷酷地看着老吉特，兴趣浓厚。承受这些对他来说不容易，但他必须受着。

他竭力控制着，先舔了舔嘴唇，"为什么是'当然'，我能问吗？"他冷冷地说。

我把杯子放在大理石桌上，靠墙站着，双手闲着。我仍然要看着他们——三个人。

"让我们回顾一下这件事，"我说，"大家都很清楚情况。我知道乔治清楚，虽然作为一个用人，他不应该清楚。我知道韩翠丝小姐清楚。当然你也清楚，吉特先生。所以来看看我们到底掌握了些什么。很多线索没有被凑到一块，但我很聪明，能把它们凑起来。首先是一堆艾斯特先生那边来的银行支票复印件。杰罗否认了这些钱，吉特先生您不肯付钱，但找了笔迹鉴定专家阿柏捷鉴定那些签名，看看是不是真的。它们看起来像是杰罗的，事实上也是。这个阿柏捷可能还干了别的事，对此我一无所知。而且现在没办法问他了。我见到他时，他已经死了——吃了三颗子弹——我听说是把点二二干的。没有，吉特先生，我没打电话给警察。"

这个银发的高个儿看起来一脸惊骇，瘦削的身子摇晃得像风中草。"死了？"他低喃，"被谋杀的？"

我看看乔治，对方一块肌肉也没动。我又看看女孩，她静静地坐着，嘴巴闭得紧紧的。

我说："他的死要是和吉特先生的事有关的话，那就只有一个原因。他被一把点二二口径的枪射死——这个案子里刚好有人携带点二二的枪。"

他们继续听着，没有说话。

"我一点也想不通他为什么被杀。他对韩翠丝小姐或艾斯特都没什么威胁。他胖得都走不动路。我猜他就是聪明过了头。他接了一个识别签名的简单案子,可是他就此发现了一些他不该知道的事。等他发现更多不该知道的事后——他猜到不该猜的事——大概还想干点勒索的勾当。今天下午有人用一把点二二把他解决了。好,这我能受得了。反正我跟他不熟。

"所以我就去见韩翠丝小姐。经过与这个贪婪的公寓保安好一番周旋之后,终于见到了她。我们聊了一会儿,然后杰罗先生悄悄地从躲藏处出来,狠狠打在我下巴上,我摔倒了,头撞到了椅子脚上。等我醒来,房间里已经没有人,所以我就回家了。

"回到家,我碰上了拿着点二二的家伙和他的笨蛋跟班弗瑞斯基·拉文,那家伙嘴巴很臭,拿着一把很大的枪。这些都无关紧要。他今天晚上在你家门前被一枪崩死了,吉特先生——因为想拦截你的车子。警察知道这起命案后来盘问我——因为另一个家伙,拿点二二的那个,小笨蛋的哥哥,以为我杀了那个笨蛋,想要给我好看,可是没成功。这是第二起杀人案。

"现在说到第三起,也是最重要的一起。我回到米兰诺,因为杰罗先生不能再到处乱跑,他好像有些敌人。今天晚上弗瑞斯基开枪时,他本应该在车子里——当然那只是个事先设好的局。"

老吉特两道白眉纠在一起,一副大惑不解的表情。乔治看起来可不迷惑,他两眼空洞,一张木讷的脸像雪茄店的木刻印第安人。女孩现在看起来有些面色苍白,有点紧张。我继续说下去。

"到了米兰诺,我发现霍金斯让艾斯特和他的保镖进入韩翠丝小姐的公寓等她回来。马蒂有话对她说——关于阿柏捷被杀的事,她最好放开小杰罗一阵子——至少等警方的风声平静下来。马蒂是个心思周密的家伙，比你想的还周密。例如他知道阿柏捷的事，知道吉特先生早上去过安娜·哈西的办公室，不知他怎么知道的——也许是安娜告诉他的，我认为她完全可以说——我正在办这件案子。所以他派人跟踪我到阿柏捷的办公室。后来他又从他的警察朋友那里得知阿柏捷被谋杀，他知道我没告诉警察，所以当下就和我套上了交情。跟我说完这些后，他就离开了，我再度单独被留在韩翠丝小姐的公寓里。不过这一次，我毫无理由地到处刺探了一番，发现小杰罗先生在卧室里——大衣橱里。"

我很快走到女郎身旁，把手伸进我的口袋，掏出美丽的点二五自动小枪，放在她的膝盖上。

"以前见过这个吗？"

她的声音里有种奇怪的紧张，但深蓝的眼睛直视着我。

"没错，是我的。"

"你放在哪里？"

"床边小桌子的抽屉里。"

"确定？"

她陷入沉思。两个男人仍然没动。

乔治开始抽动他的唇角。她忽然头向旁边一偏。

"不对。我现在想起来了，我拿出来给别人看过——因为我不太懂枪——就放在客厅的炉架上，我想没错，我拿给杰罗看过。"

"所以如果有人要整他，他可以拿到这把枪自卫，对吗？"

她不解地点头。"你是什么意思——说他在衣橱里？"她小声地急促地问。

"你知道的。这房间里的每个人都知道我是什么意思。他们都知道我为什么拿枪给你看。"我从她身边走开，面对乔治和他的老板，"他死了。子弹射穿心脏——可能用的就是这把枪。枪是故意留在那儿的。"

老人往前走了一步，停下来，身子撑在桌上。我不确定他的脸色是变白了，还是原来就很苍白。他木然地瞪着女孩，一字一句地从牙缝间挤出话来："你这该死的凶手！"

"不会是自杀吗？"我冷笑着说。

他转过头来看着我，轻轻点了点头，看得出来这想法吸引了他。

"不，"我说，"不可能是自杀。"

他一点都不喜欢我的话。他的脸好像渗出了血，鼻子上的血管变得粗大。女孩摸着膝上的枪，然后松松地握住枪柄。我看见她的拇指轻轻扣向保险。她不太懂枪，不过起码知道这一招。

"不可能是自杀，"我又很慢地说了一遍，"如果只是这一件事，还有可能。但是加上其他的事情，就不成了。阿柏捷、卡维罗道的打劫——就在这房子外面，跑进我公寓的笨蛋，点二二口径枪的把戏……"

我又把手伸进口袋，拿出蜡鼻子的乌斯曼，随意地摆在左手掌心里，"奇怪的是，我想的不是这把点二二，虽然这个枪手刚好也有一把点二二。没错，我也拿下了这个枪手。他被绑在我的公寓里。他回来要崩掉我，可是我说服他别杀我，我很会说话。"

"只是你说得太多了。"女孩冷冷地说，把枪举起了一点点。

"很明显是谁杀了他，韩翠丝小姐，"我说，"问题很简单，只要有动机和机会。艾斯特没有，不是他叫人杀的。那会毁掉他五万元进账的机会。弗瑞斯基的同伙没杀他，不管他是替谁卖命，我想他都不是替艾斯特干活的。他不可能进入米兰诺做这件事，当然更进不了韩翠丝小姐的公寓。不管是谁干的，对他一定有什么好处，而且有机会进入凶案现场。好，谁会有好处可得呢？两年后信托基金会给杰罗五百万。在此之前他一毛钱也拿不出来。所以如果他死了，他的自然继承人就可以得到。谁是他的自然继承人？你们一定很惊讶。你知道在加州和其他一些州——但不是所有的州都这样，一个人可以自行变成一个自然继承人吗？只要收养有钱但没子嗣的人就行！"

乔治行动了。他的动作再次宛如水上涟漪般优雅滑顺。史密斯＆威森在他手上幽幽发光，但他没开枪。女孩打响了手里的小自动枪。鲜血从乔治硬朗的棕色手上迸溅出来。史密斯＆威森掉在地上。他咒骂着。她不太懂枪——真的不太懂。

"当然了！"她阴沉地说，"如果杰罗在公寓里，乔治进去当然没有问题。他可以经由车库，穿着制服，搭着电梯上去敲门。等杰罗打开门，乔治就拿着枪逼他进去。可是他怎么知道杰罗在那里呢？"

我说："他一定跟踪了你们的出租车。他从我那儿离开后，不知道去了哪些地方。既然他开车，警察会查出来的。乔治，这里面你可以分多少？"

乔治用左手紧紧抓住右手手腕，他的脸扭曲狂怒，一言不发。

"乔治用史密斯＆威森逼他进去，"女孩疲惫地说，"然后看到我留在炉架上的枪，于是他就用了那把。用那把会更好些。他把杰罗逼到卧室，远离走廊，逼进衣橱，在那里，悄无声息地杀掉他，然后把枪丢在地上。"

"乔治也杀了阿柏捷。他用一把点二二杀了他，因为他知道弗瑞斯基的哥哥有一把点二二，因为他雇用了弗瑞斯基和他的哥哥去吓唬杰罗——所以阿柏捷被谋杀的话，看起来会像是艾斯特干的。因此我今天晚上才会坐古特的车来这里——这样那两个被利用的笨蛋才可以演戏，还有如果我太难缠的话，也许可以杀了我。只有乔治喜欢杀人。他漂亮地枪杀了弗瑞斯基，子弹直接穿过了他的脸。打得太准了。开始我以为他故意打偏的。怎么样,乔治?"

沉默。

我终于看着老吉特了。我原来以为他自己也会拔枪,可是他没有。他只是站在那里,嘴巴张得斗大,心惊胆破,靠着大理石黑桌,全身颤抖。

"我的天!"他喃喃道,"我的天!"

"你没有天——只有钱。"

身后的门吱呀一声响,我立即转身,其实多此一举。一个冷硬的声音,带着浓重的好像大英帝国的阿莫斯和安迪①的英国腔说:"把手举起来,老兄。"

那个管家,那个非常英式的管家站在门口,手上拿着一把枪,嘴巴紧紧闭着。女孩手腕一转,随便朝他开了一枪,打在了肩膀或是哪里。他像待宰的猪一样尖叫起来。

"走开,你打扰我们了。"她冷冷地说。

他跑了,我们听到了他的脚步声。

"他要跌倒了。"她说。

我的右手拿着鲁格,跟平常一样,有些跟不上节奏,但我还是举起了它。老吉特抓着桌子,脸色发灰,像水泥地一样,膝盖发软。乔治站在那儿,流血的手腕缠着一条手帕,嘲讽地看着老人。

"干掉他,"我说,"地狱才是他该去的地方。"

老人倒下了,头扭曲着,嘴巴松开,侧着身子撞在地毯上,滚了一下,膝盖往上弯曲,嘴角淌出一些口水,皮肤慢慢变紫了。

---

① 《阿莫斯和安迪》(*Amos and Andy*)二十世纪二十年代在美国很流行的情景喜剧,聘用了两位能讲非洲裔美国黑人土语的白人演员。他们学着黑人歌手的土腔,唱得怪里怪气,具有种族侮辱色彩。

"去打电话给警察,天使,"我说,"我看着他们。"

"好,"她说着站了起来,"不过马洛先生,你的私家侦探生意实在需要很多帮助。"

8

我已经在那里单独待了整整一个小时。房子中间放着一张斑痕累累的办公桌,另一张桌子靠着墙,一块垫子上有个黄铜痰盂,墙上挂着个警察用的扬声器,上面有三只被打烂的苍蝇。室内充斥着冷雪茄和旧衣服的味道。两张硬木扶手椅上铺着绒垫,两张硬木直椅没有垫子。电灯罩的灰尘从八十年前就没清理过。

门被一把推开,芬莱森和西伯德走进来。西伯德依然穿着整洁,脾气暴躁,但芬莱森看起来老了很多,也疲惫了很多,更加少言寡语了。他手上拿了一叠纸,坐在我对面的桌前,冷酷无情地看了我一眼。

"你这种家伙老是惹麻烦。"芬莱森没好气地说。西伯德靠墙而坐,把帽子斜推到眼睛上面,打了个呵欠,看着他手上新的不锈钢表。

"找麻烦是我的职业,"我说,"否则我怎么赚钱呢?"

"隐瞒了这么多事,我们应该把你丢到大牢里。这桩事情你赚了多少?"

"我替安娜·哈西做事,她替老吉特做事,这次我亏大了。"

西伯德对我露出他那梅花杰克式的笑容。芬莱森点了一支雪茄,舔舔旁边的撕痕,试图黏回去,但他抽起来的时候,烟还是会漏出来。他把那堆纸推给我。

"签三份。"

我签了三份。

他拿回去，打了个呵欠，挠了挠一头白发。"老家伙中风了，"他说，"没戏可唱了。等他醒过来，恐怕不知道几点了。乔治·哈特曼，这个司机，只管嘲笑我们吧。可惜他中了弹，本来我还想和他较量一番。"

"他是个狠角色。"我说。

"是啊！好，你现在可以走了。"

我站起来，朝他们点点头，走向门口。"晚安了，各位。"

他们两人都没有回答。

我沿着走廊，坐电梯到市政厅的楼下大厅。出来走到泉街旁，走下长长的空荡的阶梯，风吹得冷飕飕的。我在阶梯下点了根烟。我的车仍在吉特家。我抬起腿，正要走向停在半条街外的出租车时，一辆停着的车子里传出一个刺耳的声音。

"过来一下！"

那是一个男人的声音，严厉，僵硬，是马蒂·艾斯特的声音。来自于一辆大轿车，前排坐了两个人。我走过去。后窗摇下，艾斯特戴着手套的手斜搭在上面。

"进来吧！"他推开门。我上了车，累得什么都不想说。

"走吧！老皮。"

车子穿过幽暗、静谧、整洁的街道往西行驶。夜晚的空气不太清新，但很凉爽。我们翻过一座山丘，车子开始加速。

"他们得到了什么信息？"艾斯特幽幽地问。

"没告诉我。他们还没问到那个司机呢！"

"在这座城里，你是没办法给一桩两百万的谋杀案定罪的。"叫老皮的司机头也不回地笑着说，"也许我现在也没办法拿到我的五万块了……她喜欢你。"

"嗯哼。所以呢？"

"别碰她。"

"我能落到什么？"

"如果你不听话，看看你会落到什么下场。"

"啊，当然了，"我说，"去死吧！劳驾。我累了。"我闭上眼睛，靠在车子的角落里，就这样睡着了。有时候一阵紧张后，我就可以那样睡着。

不知过了多久，我被摇醒了。车子已经在我公寓门口停下。

"到家了，"艾斯特说，"记得，别碰她。"

"为什么送我回家？就为了告诉我这个？"

"她叫我照顾你，所以你才没事。她喜欢你，但我喜欢她，懂了吗？你不要自找麻烦。"

"找麻烦是——"我正要说，又打住了。那天晚上我已经说腻了那句话，"谢谢你的车，此外都是废话。"我转身，走进公寓上楼。

门锁还是松的，但这次没有人等我。他们早就带走蜡鼻子了。我没关门，把窗户都推开。电话铃响的时候，我还在嗅着警察的雪茄烟蒂的味道。电话里是她的声音，冷静，有些无情，不被任何事情所感动，几乎有些顽皮。嗯，她可能经过太多风浪，才变成这个样子。

"嗨，大褐眼，安全返家了？"

"你的朋友马蒂载我回家的。他让我别碰你，如果非要说点什么，那我真心感谢你。但请你别再打电话给我了。"

"害怕了？马洛先生。"

"不是。等我打电话给你，"我说，"晚安，天使。"

"晚安，大褐眼。"

电话咔嚓挂断了。我放下电话，关上门，把床拉下来，脱掉衣服，在寒冷中躺了一会儿。

然后起身，喝了一杯酒，冲过澡才去睡觉。

他们终于撬开了乔治的嘴，但他没有完全交代。他说他们为了这女孩大吵了一架，小吉特抓起炉架上的枪，乔治上去和他抢，结果枪走火了。当然这些听起来都有可能——尤其是登在报纸上的时候。他们一直没办法把阿柏捷的凶杀案算到他头上或任何人头上。他们没找到杀人的枪，但确定不是蜡鼻子的枪。蜡鼻子消失了，我没听说他去了哪里。他们没碰吉特那老头，因为他中风后，始终没有恢复神志，只是躺在床上，被人照顾，讲述他在经济大萧条的时候，如何一毛钱也没丢掉。

马蒂·艾斯特找了我四次，要我别碰韩翠丝。我有些替这可怜的家伙难过，他受了很大的刺激。我和她出去过两次，在她家又坐了两次，喝她的威士忌。这很美好，但我没钱，没衣服，没时间，也没绅士风度。随后她不住米兰诺了，听说搬去了纽约。

我很高兴她离开了——虽然她连再见都懒得对我说。

检方证人

1

四点过后，我离开大陪审团，然后悄悄从后面的楼梯上到方威得的办公室。检察官方威得面容严肃，轮廓分明，留着女人深爱的银白鬓发。他把玩着桌上的笔说："我想他们相信你了。下午他们可能以杀害沙隆的罪名起诉曼尼·廷南。如果这样，你最好小心些。"

我拿起一根香烟在手指间滚动，最后还是把它放进嘴里。"方威得先生，别派人跟踪我。这个城里的大街小巷，我都很熟，你的人靠得太近，对我没有好处。"

他看着一扇窗户，"你对法兰克·杜尔知道多少？"他问，眼睛却没看我。

"我知道他是个大政客，实权派，如果你要开赌场或妓院——或想要跟市政府做买卖，都得去见他。"

"没错，"方威得严厉地说，把头转向我，然后放低声音道，"抓到廷南的小辫子，会让很多人大吃一惊。如果除掉廷南，杜尔就有利可图——廷南是他想要拿到合约的那家公司的董事会头头——他会不惜一切代价冒险。我听说他和廷南有交易。如果我是你，我会对他保持警惕。"

我笑笑。"我只有一个人。杜尔地盘很大，但我尽力而为！"

方威得站起来，隔着桌子伸过手来，说："我要出城两天，如果起诉成功,今晚就走。小心点——如果有什么差池,找勃尼·欧斯,我的调查组组长。"

我说:"没问题。"

我们握了握手。出门时,经过一个一脸倦容的女孩,她给了我一个疲惫的笑容,看我时,手指卷着颈后的鬈发。回到办公室时,刚刚过四点半。我在小接待室门外停了一下,四处看看。然后打开门,走进去,当然里面没人。

里面什么也没有,只有一张红色的老式沙发,两张不搭调的椅子,一小块地毯,一张阅读桌,上面摆着几本旧杂志。接待室的门一直开着,让客人能够进来,坐着等候——如果有客人,他们又想要等待的话。

我穿过去,打开我专用办公室的锁,门上写着"菲利普·马洛……专事调查。"

卢·哈格坐在办公桌一边的木椅上,远离窗户。戴明黄色手套的手抓着手杖的手柄,绿色的宽边帽推到了脑袋后半部。帽子下露出非常光滑的黑发,他的头发太长,快要盖住脖子后面了。

"嗨,我等了很久。"他懒懒地微笑着说。

"嗨,卢。你怎么进来的?"

"门一定没锁,或许我的钥匙刚好匹配。你介意吗?"

我绕到桌子后面,坐在转椅上,然后把帽子放在桌上,从烟灰缸上拿起大头烟斗,开始装烟草。

"只要是你就无所谓。我正想要换一个比较好的锁哩!"

他笑了,丰满的红嘴唇绽开。他是个长相非常英俊的小子。他说:"你还在做生意,还是准备下个月蹲在旅馆里和总局的人喝老酒?"

"我还在做生意——如果有人找我的话。"

我点燃烟斗,靠在椅背上,盯着他干净的橄榄色皮肤和笔直乌黑的眉毛。

他把手杖放在桌上，黄手套压在玻璃上，嘴唇蠕动了几下。

"我有个小生意要给你，赚头不大，挣个车费。"

我等着他说下去。

"今晚我在奥林达有个小把戏，就在卡纳利的地盘。"

"白烟的地方？"

"嗯。我想我要走运了——而且我希望有个带家伙的人在旁边。"

我从上层抽屉里拿出一包新的香烟，推过桌面。卢拿起来，打开烟盒。

我说："什么样的把戏？"

他从烟盒中抽出一根烟的一半，低头盯着它。他的样子让我有点不喜欢。

"我已经休息了一个月，赚的钱不够在这种城市开销。总局那些家伙从禁令后就开始施压。他们一想到要靠薪水过日子，就开始做噩梦。"

"在这里运作的开销不会比其他地方大吧！所有的钱都交给一个组织，就够了。"

卢把香烟塞进嘴里。"没错——法兰克·杜尔，"他嘶吼起来，"那只肥猪！狗娘养的吸血虫！"

我没说话。我已经过了对那些自己拿他没办法的人只能骂骂为乐的年纪。我看着卢拿起桌上的打火机点燃香烟。他喷出一口烟，继续说："说来好笑，卡纳利买了一个新轮盘——从州长办公室某个吃钱鬼那里买来的，我认识卡纳利的头号庄家手皮纳，很熟。这个轮盘是他们从我这儿拿走的，里面有些猫腻——我知道猫腻在哪儿。"

"但卡纳利不知道……听起来真像卡纳利。"我说。

卢没看我。"他那边生意不错,有个小舞池,一个墨西哥五人乐队,可以帮助客人放松。他们可以先跳几支舞,再回去赌,即使输了,也不会太沮丧。"

我说:"你要干吗?"

"我想你可以把这叫作一套'运作'。"他轻声说,透过长睫毛看着我。

我移开目光,环顾着房间。房间里铺着铁锈红色的地毯,广告月历下有五个绿色箱,排成一排。角落里有一座老式衣帽架,几张胡桃木椅,纱布窗帘挂在窗前。窗帘尾端因为被风吹来吹去弄脏了。一道黄昏的日光照在我的桌子上,照亮了空气中的灰尘。

"这么说吧!"我说,"你认为你操控了那个轮盘,可以赢很多钱,这会让卡纳利大为光火。你希望一路有人保护——那个人就是我。我觉得这主意烂透了。"

"一点儿都不烂,任何轮盘都有一定的节奏,如果你非常了解它……"

我笑着耸耸肩,"好吧,我不想搞懂这玩意,我对轮盘了解不多。听起来,你好像是想通过诈骗来装满自己的腰包,不过我也可能听错了。反正这也不是重点。"

"那什么才是重点呢?"卢淡淡地问。

"我不是什么好保镖——但这可能也不是重点。我想我应该认为这场赌局是公平的。如果我不这样认为,不肯接受你的工作,结果你进了棺材该怎么办呢?或者如果我认为每件事都在掌控之中,可是卡纳利不吃这 套,发起脾气来呢?"

"所以我才需要带枪的人啊!"卢除了说话,一块肌肉也没动。

我淡然地说:"如果我够凶悍,可以挑起这份差事——我倒是不知道自己很凶悍——那我担心的恐怕仍然不是这点。"

"算了。光是听你说担心,就够我泄气了。"

我又笑了笑,看着他的黄手套在桌面上猛烈地移来移去。我缓缓地说:"你是当今世界上最后一个可以用这个方式赚大钱的人了。当你这么干时,我是最后一个支持你的人。明白了吧!"

卢说:"好吧。"他把烟灰磕在玻璃面上,然后低头吹掉,继续开说,好像在谈论新的话题,"葛林小姐跟我一起去。她红头发,个子很高,迷人得很,以前是模特儿。在任何场合她都是个最佳人选,可以避免卡纳利盯我盯得太紧。所以我们要合伙,我想我应该先告诉你。"

我沉默了一分钟,然后说:"你很清楚我刚刚告诉大陪审团,我看见阿特·沙隆被推出车外,曼尼·廷南伸手出去割掉了他手上的绳子,最后乱枪打死了他。"

卢淡淡对我一笑。"这样一来,那些受贿的就更好过了。拿人钱财,却不消灾。他们说沙隆正派,不让董事会越界,所以被做掉了。"

我摇摇头,不想多谈。我说:"卡纳利很多时候品味奇怪,也许他不喜欢红头发呢!"

卢慢慢站起来,拿起桌上的手杖。他盯了会儿一根黄色手指指尖,显出一副困倦的样子。然后他晃着手杖走向门口。

"嗯,我们改天再见了。"他慢条斯理地说。

我等他把手放在门把上才说:"卢,别失望。如果你一定要我陪,我就去奥林达一趟。但我不要钱,还有,看在老彼得的份上,别再吃饱撑的,盯我的梢了。"

他轻轻地舔舔嘴唇,没有正眼看我。"谢了。我会小心为妙。"

他走出去,黄色手套消失在门边。

我静静地坐了五分钟,烟斗变得十分烫手。我把烟斗放下,看看手表,站起来打开桌尾角落里的小收音机。电流嗡嗡声停止后,喇叭传出一声钟响的余音,然后一个声音说:"KLI现在向你报告当地夜间新闻。今天下午稍晚的一则重要新闻是大陪审团终于决定起诉曼尼·廷南。廷南是著名的市政府游说人士,在本市势力庞大。这项起诉令他的许多友人惊讶,起诉依据的证词完全出自——"

电话铃这时尖锐地响起来,一个女孩冰冷的声音在我耳际说:"请等一下,方威得先生要和你说话。"

他立刻接上来。"起诉成立了,小心那家伙。"

我说我刚听到收音机播报。我们谈了一小会儿,他就挂断电话,说必须立刻去赶飞机。

我往后靠在椅子上,听着收音机,但不专心。我想卢真是笨蛋,但这是我没法改变的。

2

星期二有这么多人,生意真好,但没有人跳舞。大约到了十点,五人小乐队玩伦巴玩累了,没有人注意他们的音乐。木琴乐手把棒子丢下,手伸到椅子下拿杯子。其余的人点燃香烟,只管坐在那里,看起来很无聊。

我侧身靠在吧台上,吧台和乐队台都在同一边。我拿着一杯龙舌兰,让杯子在台面上打着转。所有的生意都集中在三座轮盘中间的一座。

酒保在吧台另一边,头凑到我旁边。

"那个火辣的女人一定让他们输得很惨。"他说。

我没看他,点点头。"她现在大把的玩,连算都不算了。"

红发女郎很高。我可以看见她闪着金属光泽的头发,在她背后的人头间异常显眼。我也看见站在旁边的卢油光铿亮的头。每个人好像都站着玩。

"你不玩?"酒保问。

"星期二不玩。我有一次星期二玩,惹了不少麻烦。"

"是吗?你喜欢那玩意不加水?我可以帮你弄得顺口些。"

"用什么顺呢?"我说,"你手边有木锉吗?"

他笑笑。我又喝了一些龙舌兰,然后摆出一脸苦相。

"有人故意发明这玩意的吗?"

"那我可不知道了,先生。"

"那边的最高限额是多少?"

"那我也不知道。我想得看老板的心情。"

轮盘桌排成一列,靠近远处的墙边。镀金的矮栏杆把它们围在里面,客人站在栏杆外。

中间的那桌突然发生了争吵,其他两桌的人纷纷抓起筹码移过来。

然后一个非常清晰、礼貌、带点外国口音的声音清楚而大声地说:"夫人,请您耐心点……卡纳利先生马上就来。"

我走过去,挤到栏杆边。两个靠近我的庄家手把头靠在一起,眼睛朝斜下里望着。其中一个缓缓地在静止的轮盘上来回移动一个耙子,他们都盯着红发女郎看。

她穿着一袭高领的黑色晚礼服,双肩线条优美,皮肤雪白,说不上十分美丽但也称得上漂亮。她靠在轮盘前的桌子边缘。长长的睫毛一闪一闪,身前有一大堆钱和筹码。

她的声音单调,好像同样的事情已经说了很多遍。

"快点转这轮子!你们收钱收得很快,就是不喜欢掏出来。"

负责的荷官露出冷冷的木讷的笑容。他很高,黝黑,满脸不在乎的神气。"庄家不能收你的赌注,"他的口气冷静确定,"也许卡纳利先生……"他耸耸平滑的肩膀。

女郎说:"这是你们的钱,小气鬼。你不想要回去吗?"

卢·哈格在她身旁舔舔嘴,一只手放在她的手臂上,两眼热切地盯着那一堆钱。他轻声说:"等卡纳利来……"

"去他的卡纳利!我手气正旺——我要保持好手气。"

这排桌子尾端的门被打开了,走出一个瘦高苍白的男人,直直的黑发毫无光泽,高高的前额皮包骨,扁平的眼睛深不可测。细细的八字胡修成两条几乎成直角的线，撇到嘴角下方正好一英寸处，颇有东方气质。他皮肤很厚，苍白得发亮。

他走到荷官背后，停在中间桌子的一角旁，瞄着红发女郎，两根手指捻着八字胡的尾端。他的指甲带点紫晕。

他忽然微笑起来，又突然板起了脸，好像他这辈子从来没有笑过似的。他用一种沉闷挖苦的语调说："晚安，葛林小姐。你一定得让我派人送你回家，我不希望看到钱落入坏人的荷包里。"

红发女郎不太友善地看着他。

"我还不想走——除非你赶我出去。"

"不走？那你想做什么呢？"

"赌这一沓——全部！"

众人的嘈杂声一下子跌入死寂，四下没有一点呢喃低语。卢的脸色慢慢变得死灰一般。

卡纳利面无表情，优雅严肃地举起一只手，从他的晚礼服里掏出一只大皮夹，丢到高个荷官面前。

"一万，"他的声音沉闷、沙哑，"那是我一贯的限度。"

荷官拿起皮夹打开，抽出两沓发声清脆的钞票，拨弄了一下，折起皮夹，沿着桌子边缘传给卡纳利。

卡纳利没有去拿，除了荷官，谁都没有动。

女郎说："押红色。"

荷官俯身向前，非常谨慎地把她的钱和筹码叠起来，替她把赌注放在红方块上。

他把手放在轮盘的圆弧上。

"如果没有人反对，"卡纳利说，并没有看任何人，"这一局只有我们两个人玩。"

人头攒动,没有人说话。荷官转动轮盘,左手轻轻一抛,把球丢在辙槽上;然后缩回双手,放在大家都可以看见的桌子边缘——当然是放在桌面上。

红发女郎眼睛发亮,嘴巴微微张开。

球在辙槽上跳动,跃过一个明亮的金属方块,滑下轮侧,在号码旁边的叉道上颤动起来。球突然停止滚动,落在双零旁边的红27格里。轮盘停下了。

庄家手拿起耙子,缓缓地把两沓钞票推出去,推到女郎的赌注中,然后把所有东西都清出了赌台台面。

卡纳利把皮夹放回胸前的口袋,转身缓缓向门走去,消失在门后。

我松开抓着栏杆的发抖的手指,人们都散开,走向吧台。

3

卢过来时,我正坐在角落里一张小桌旁,吞咽着龙舌兰。小乐队演奏着单调清脆的探戈,一对男女难为情地在舞池上扭着。

卢已经穿上卡其色大衣,领子竖起,里边围着一条白丝巾,脸上带着微妙的熠熠的神情。这回他戴着白色猪皮手套,把一只手放在桌上靠近我。

"两万两千多,"他小声说,"哇,真过瘾!"

我说:"很多钱啊!卢。你开什么车?"

"看到什么不对劲的事了吗?"

"赌局?"我耸耸肩,玩着杯子,"我不擅长轮盘,卢……倒是你的女人有很多不对劲的地方。"

"她不是一般的女人。"卢说,声音有些焦虑。

"好吧!她让卡纳利看起来像个百万富翁。什么车?"

"别克四门轿车,尼罗绿,两盏探照灯,挡泥板有那种翼子板灯。"他的声音依然有些忧虑。

我说:"慢慢开进城,让我有机会跟上。"

他拿走手套,走开了。红发女郎早已不见人影。我看看腕上的手表。再抬起头时,卡纳利站在桌子对面。假八字胡上方的眼睛毫无生气地看着我。

"你不喜欢我这地方。"他说。

"恰好相反。"

"你不到这里来玩。"他是告诉我,不是问我。

"必须来吗?"我冷冷地问。

他的脸上飘过一抹不易察觉的笑容。他微微弯下腰,说:"我想你是个条子,聪明的条子。"

"只是个私家侦探,"我说,"而且不够聪明。别让我的长上唇愚弄你,这是遗传。"

卡纳利的手指攥着椅背上方,用力地握紧。"不要再来这儿,不管是为什么,"他声音非常轻,好像在说梦话,"我不喜欢密探。"

我拿出嘴里的香烟,看了看,再看看他。"我听说刚才你被羞辱了,你倒是很有风度……所以这次我也不计较了。"

那一刻,他脸上呈现出古怪的表情。然后转过身,肩膀摇晃着离开了。为了让脚步放平,他走路时脚往外撇得很厉害。他的步履和他的脸一样,有些沉重。

我站起来,走出白色双层大门,进入阴暗的大厅,取出帽子和大衣穿戴上,接着,穿过另外两扇双层门到达宽阔的走廊,走廊顶部边缘装饰着涡形花纹。空气中飘荡着海雾,屋前风中摇曳的柏树滴着雾水。缓坡柔和地伸向远处的黑暗中,浓雾掩藏了海洋。

我的车停在外面的街上,就在俱乐部对面。我把帽子拉低,无声无息走在长满青苔的车道上,一拐过门廊,我一下僵住了。

一个人在我正前方,拿着一把枪——可是他没看见我。持枪的手耷在身体 侧,紧贴着大衣,于很人显得枪很小。枪管反射出微弱的光线,这光线隐隐约约,好像来自浓雾,又好像是浓雾的一部分。他块头很大,一动不动,身体牢牢地钉在脚跟上。

我轻轻地、慢慢地举起右手,解开大衣最上面的两颗扣子,伸进里面,掏出一把长管点三八,枪管六英寸长。我轻轻将它放进大衣口袋。

前面的家伙动了,他把左手举到脸前,手掌拱起,抽了一口香烟,瞬间的亮光照清了他厚重的下巴,宽大的黑黑的鼻孔,方正的凶狠的鼻子——打手的鼻子。

他丢掉香烟,踩了一脚。一个轻盈的脚步声在我背后微微响起,我转身时已经迟了。

一个重击,宛如电光一闪,我眼前随即一片黑暗。

4

我醒来时，又冷又湿，头痛欲裂。右耳后面有处瘀伤，没有流血。我被人击昏了。

我站起来，看清自己在两棵被雾打湿的树之间，离车道几码之遥，我的鞋跟上有些烂泥，看来是被人从小径上拖到这里的，但拖得不太远。

我低头摸摸口袋，自然，枪已经不见了，不过不见的不只这一样——随之消失的还有这次经历好玩的念头。

我在大雾里摸索，没找到什么也没看见什么人，干脆放弃了。我沿着房子空旷的一边走向一排棕榈树，一盏拱形老式马灯忽明忽暗，嘶嘶作响，这盏灯挂在一个巷口，而我那辆一直用来代步的一九二五年马蒙旅行车停在那儿。我先用一条毛巾擦干座椅，接着启动引擎，吭哧吭哧开上空旷的大街，街道中间满眼是车轮碾过的痕迹。

我从那里开上德卡仁斯大道，这条街是奥林达的主干道，它的名字用以纪念很久以前卡纳斯居住地的建造者。没走多久，出现了城镇、高楼、死气沉沉的商店、安着夜用门铃服务的加油站……最后是一家还在营业的杂货店。

一辆精心装饰的轿车停在店前，我把车停在它后面。我下了车，看见一个没戴帽子的人坐在柜台边，和一个穿蓝罩衫的店员相谈甚欢。

他们似乎沉浸在自己世界里。我正要走进去，又停住脚步，再看了一眼那辆打扮俏丽的轿车。

这是一辆别克，颜色在白天看应该是尼罗绿。有两盏探照灯，前面挡泥板黏着细镍棒，上面突出两盏小小的蛋形琥珀灯。司机座椅那边的窗户被摇下了。我回到马蒙那儿，拿出手电筒，头伸进别克，扭开驾照盒，把手电筒探进去照了一下，然后关掉。

车子登记的是卢·哈格的名字。

我收起手电筒，走进杂货店。店里一边摆着酒架。穿蓝罩衫的店员卖了我一品脱的加拿大黑麦酒。我拿到柜台打开。柜台前摆了十个位子，但我坐在了那位没戴帽子的人旁边。他开始在店面的镜子里非常仔细地打量我。

我叫了一杯七分满的纯咖啡，加上很多黑麦酒；一口喝下，等上一分钟，暖暖身子。然后我上下打量了这位不戴帽子的人一通。

他大概二十八岁，上身有些瘦削，一张健康的红脸，相当诚实的眼睛，双手很脏，看起来不像赚什么大钱的人。他穿着一件灰色绳边金属扣的外套，裤子很不搭。

我满不在乎地低声说："外面是你的车？"

他非常安静地坐着，嘴唇抿紧，镜子里的眼睛一直盯在我身上。

"我兄弟的。"他过了一会儿说。

我说："要喝一杯吗？……你兄弟是我的老朋友。"

他缓缓地点个头，打了一下嗝，慢慢地抬起手，终于抓起酒瓶，往凝固的咖啡里倒了些酒。他一口喝下。然后我看着他挖出一包揉皱的香烟，塞一根到嘴里，在柜台上擦亮一根火柴——用拇指指甲夹着点烟，点了两次都没点着——故作冷静地猛吸了一口。

我把头偏过去，平淡地说："没必要自找麻烦。"

他说:"是吗……怎——怎么回事?"

店员朝我们走过来,我又要了些咖啡。咖啡送来后,我一直盯着店员,直到他离开,背对着我们,站到展示的橱窗前。我又往第二杯咖啡里掺了酒,喝了一些。我看着店员的后背,说:"那辆车子的主人没有兄弟。"

他强装镇定,但还是转过头来。"你认为那是赃车吗?"

"不是。"

"你不认为那是赃车?"

"是的。我只是想要知道故事。"

"你是警探?"

"嗯哼——不过不是敲竹杠,请你放心。"

他拼命抽着烟,在空杯里搅动汤匙。

"我不能为这件事丢饭碗,"他缓缓地说,"可是我需要挣这一百块钱。我是个出租车司机。"

"我猜到了。"

他一脸惊讶,转过头盯着我看。"再喝一杯,我们好好谈谈,"我说,"偷车贼不会把车停在大街上,然后坐在杂货店里。"

店员从窗边回来,在我们附近转悠,拿起抹布忙着擦咖啡壶。一阵铅似的沉默降临。店员放下抹布,走到店后面的隔间里,开始响亮地吹着口哨。

我旁边的人又倒了些威士忌,明智地对我点头,"听着——我载着一个客人出来,我一直等的就是他。这时,一个男人和一个女人开着别克过来,那男的给我一百块换我的帽子,要把我的车开进城,让我在这里混一个小时,然后开他的车到陶恩大道的卡利龙饭店,我的车子会在那边等我。他给了我一百块。"

"他怎么说的?"我问。

"他说他们去了一家赌场,运气很好。他们害怕进城时被抢,觉得赌场总是有人虎视眈眈,想分一杯羹。"

我拿了他一根烟,用手指捋直,"我相信你。能看看你的执照吗?"

他把执照递给我。他名叫汤姆·史耐德,是绿顶小客车公司的司机。我把酒瓶盖好,放进口袋,丢了半美元在柜台上。

店员走过来找零钱,他好奇得要命。

"走吧!汤姆,"我在他前面说,"去找你的出租车。我想你不应该再等下去了。"

我们走出去。我让别克带路,甩开奥林达零落的街灯,穿过一串海滨小镇。许多小屋建在靠海的沙土上,大点的屋子则建在后面的山坡上。灯火此起彼落。轮胎在湿润的混凝土上歌唱,别克的小琥珀灯在转弯处对我眨眼。

到了西锡马龙我们转向内陆,轧轧地穿过运河市,到了圣安吉罗运河。又花了将近一个小时才到陶恩大道五六四〇号,那正是卡利龙饭店的地址。这是一栋很大,随意铺着板岩顶板的建筑,有地下车库,前院的喷泉在夜晚装点着淡绿色的灯。

绿顶出租车四六九号停在对街阴暗的地方。我看不出有人曾经在车里开过枪。史耐德在驾驶室里找到他的帽子,迫不及待地坐到方向盘后面。

"没我事了吧?可以走了吗?"他的声音如释重负。

我告诉他没什么事了,还给了他我的名片。他转离街角时是一点十二分。我爬进别克,开下车库的缓坡,交给一个正慢条斯理擦车的黑人,独自绕道走向大厅。

那儿的职员是一位苦行僧模样的年轻人,他正就着电话总台的灯光阅读《加州受理上诉决议》。他说卢不在,他十一点上班后就没见人影。经过一番短暂的争执,诸如时间太晚啦,我的探访太重要啊,他终于打电话到了卢的房间,可是没人接听。

我走出去,在我的马蒙里坐了几分钟,抽了一根烟,喝了几口酒。然后走回卡利龙,在电话亭里拨了电话给《电讯》,请他们接市政组找冯·白林。

当我报出姓名时,他大呼小叫起来,"你还到处游荡?简直是件奇闻。我以为廷南的朋友早就把你撂倒,丢到荒郊野外去了。"

我说:"省省吧,听我说,行吗?你听说过一个叫卢·哈格的人吗?是个赌徒。一个月前他的住处被突击,关门了。"

白林说他本人不认识卢,但知道他是什么来头。

"你们那里有谁知道他的底细?"

他想了一下,说:"这里有一个家伙叫杰瑞·克劳斯的,是个夜生活专家。你想打听什么?"

"他会去哪边庆祝?"然后我向他透露了部分故事,说的不多。我隐瞒了我被打昏和出租车的那些插曲,"他没回饭店,我一定要找到他才行。"

"嗯,如果你是他的朋友——"

"他的朋友——不是他的狐朋狗党。"我严肃地说。

白林大叫某人接电话,然后小声地,紧贴话筒对我说:"快说,小子,有话快说。"

"好吧!可是这些话是说给你听,不是给你的报纸听,知道了吗?我在卡纳利的场子外面被打昏,枪也丢了。卢和他的女人中途换了辆出租车,然后不见了。我不太喜欢这一套。卢的荷包里有那么多银子,我看他还没醉到满街乱跑的地步。即便他要胡闹，那女人也不会同意，她一脸现实相。"

"我来想想办法，"白林说，"不过听起来没多大指望。我再打电话给你。"

我告诉他我住在梅利特广场，以防他忘了；然后出门，又坐上马蒙，开车回家。到了家，我拿热毛巾敷在脑袋上十五分钟，然后换上睡衣休息，喝了热威士忌加柠檬，不时打电话到卡利龙询问情况。两点半时，白林打电话来说没找到人。卢没被逮捕，不在医院急诊室，也没出现在克劳斯能想到的俱乐部里。

三点钟时，我最后一次打电话到卡利龙。然后关灯睡觉。

早上还是一样。我想办法去找那个红发女郎。电话簿上有二十八个人名叫葛林，其中三个是女人。一个没人接，别外两个向我保证她们没有红头发，其中一个还想让我亲眼看看。

我刮完胡子，洗澡，吃早饭，下了山走三条街去康德大楼。

葛林小姐正坐在我小小的接待室里。

5

我打开另一扇门,她走进去,坐在前一天下午卢坐过的椅子上。我打开几扇窗户,锁上接待室外面的门,替她划了一根火柴,点燃她夹在左手上的香烟,那只手没戴手套和戒指。

她穿着格子衬衫和褶裙,外加一件宽松的大衣。戴着的那顶太紧的帽子已经跟不上潮流,说明她潦倒过一阵。这顶帽子完全遮盖了她的头发。她没有化妆,看起来大约三十岁,一脸倦容。

她抓着香烟的手稳稳当当,但另一只手仍提防着。我坐下来等她开口。

她盯着我身后的墙壁,没说话。过了一会儿,我把烟斗装好烟草,抽了一分钟。然后站起来,穿过房间走到通往走廊的门边,拿起从门缝塞进来的两封信。

我又坐回桌边,看看信,其中一封看了两遍,仿佛屋子中只有我一个人。我看信时,一直都没正眼看她或对她说话,不过我还是注意着她的。她看起来好像正为某事紧张。

后来她终于动了。她打开名牌黑色大皮包,拿出厚厚的马尼拉纸信封,拿掉橡皮筋;双手掌心捧着信封,头往后斜仰,嘴角冒出灰色的烟雾。

她缓缓地说:"卢说如果我遇到麻烦,就来找你。我现在遇到大麻烦了。"

我盯着马尼拉纸信封。"卢是我相当好的朋友。合理的范围之内，我愿意替他做任何事。但有些事情不合理——例如昨天晚上。那不表示卢和我向来都玩同一种游戏。"

她把香烟丢进玻璃碗的烟灰缸里，任由它冒烟。她的眼睛里忽然燃起黑色火焰，紧接着又熄灭了。

"卢死了。"她以单调的声音说。

我伸手抓起一支铅笔，戳着燃着的烟蒂，一直到它不再冒烟。

她继续说："卡纳利的两个手下在我的公寓杀了他——一枪毙命，用一把看起来像我的小枪。后来我找枪时，已经不见了。我整晚和他在一起，和他的尸体……我不得不如此……"

她忽然发作起来，眼睛上翻，头垂下来撞到桌子，趴着一动不动，马尼拉纸信封落在松开的手前。

我拉开抽屉，拿出一个瓶子和一只玻璃杯，倒了一杯没掺水的酒，绕过去，托着她的头扶回椅子上，把杯缘紧贴在她嘴唇上——力气大得足以叫她觉得痛。她挣扎着吞了下去。一些酒顺着她的下巴流下来，但她的眼睛渐渐恢复了生机。

我把威士忌留在她面前，又坐下来。信封的封口开了一些，我可以看到里面的现金，一沓一沓的现金。

她开始用梦呓般的声音对我说话。

"我们从出纳那里拿了所有的大钞，装成这样一包。信封里有两万两千。我还留下几百块钱零头。"

"卢很担心。他认为卡纳利很容易就能逮到我们。你可能跟在后面，但未必有什么办法。"

我说："卡纳利在众目睽睽之下输钱，那是好广告——虽然很心疼。"

她继续说下去，俨然我没开过口似的。"回到城里之前，我们看见一个出租车司机坐在车里，卢想到一个主意，他给了司机一百块大钞，换自己开出租车到圣安吉罗，过一些时候司机再把别克开回旅馆。那家伙答应了，我们就到另一条街换车。很抱歉把你甩了，但卢说你不会介意。反正以后可能还有机会谢你。"

"卢没进他的饭店。我们搭了另一辆出租车到我家。我住在荷巴道，南敏特八百街区。那个地方前台不会盘问你。我们上去到我的公寓，开了灯，两个蒙面的家伙从客厅和餐厅之间的墙后面走出来。一个很瘦小，另一个很魁梧，面具下面的下巴像架子似的突出来。卢错误地出手，大个儿立刻向他开枪。枪只是啪地一响，声音不是太大。卢躺在地上，再也没有动弹。"

我说："可能是这些人把我打昏了。我还没告诉你这件事。"

她好像也没听到这句。她的脸很苍白、很镇静，像石膏一样没有表情，"我看我最好再喝一点酒。"她说。

我替我们两人倒了两杯酒。喝了酒，她继续说："他们搜我们身，可是我们没有把钱放在身上。我们在一家通宵营业的杂货店，将现金称重并寄到了一家邮局。他们早已搜遍公寓，我们刚进屋，所以没时间藏东西。大个儿用拳头把我打昏。等我醒来，他们已经走了，只剩下我和死在地上的卢。"

她指指下巴角。那里是有点痕迹，但不明显。我在椅子上动了动，说："他们在路上一定走在了你们前面。聪明的人应该会看看路上的出租车。他们怎么知道去哪里？"

"这我也想了一整夜，"葛林小姐说，"卡纳利知道我住在哪里。他曾经跟踪过我回家，要我听他的。"

"嗯,"我说,"但是他们为什么到你那儿,他们怎么进去的?"

"那不困难。窗户下有突出的壁檐,沿着走可以通往消防通道。他们可能派其他人去守着卢住的饭店。我们想到了这个可能性,但没想到他们也知道我的住处。"

"余下的统统说给我听。"我说。

"钱是寄给我的,"葛林小姐解释说,"卢是个好人,可是女人总要保护自己。所以我才必须留在那里,守着死在地板上的卢。等钱寄到,我才过来这里。"

我站起来,看着窗外。一个胖女人在院子对面的楼里敲着打字机。我听得到咔嗒的声音。我又坐下,盯着我的大拇指。

"他们把枪藏起来了吗?"我问。

"除非在他身下,我没看那里。"

"他们太轻易放过你了,也许根本不是卡纳利。卢什么事都告诉你吗?"

她安静地摇摇头。眼睛现在是瓦蓝色的,若有所思的神情代替了那种茫然的凝视。

"好,"我说,"那你想要我做什么呢?"

她稍微眯了一下眼,然后伸出一只手,缓缓地把鼓鼓的信封推过桌子。

"我不是小孩子,我也正处在困境。但我也不会独吞。一半的钱归我,我要这笔钱而且能干干净净地逃走,只要一半就行。昨晚如果我打电话给警察,他们一定会逼我交出来……我想卢会希望把他的一半给你,只是你必须陪我一起玩。"

"对一个私家侦探而言,这可是一大笔钱,葛林小姐,"我疲倦地笑着说,"昨天晚上你没打电话给警察,是对你比较不利的做法。不过就像俗话说的,每件事情都有自己的答案。我最好过去那里看看有什么线索——如果有的话。"

她迅速向前探出身子说:"那你会保管这些钱了?……你敢吗?"

"当然。我这就下楼,把钱放在保险箱里。你可以拿一把钥匙——我们以后再谈分钱的事。我想如果卡纳利得知必须来找我,一定很有趣,如果你躲在我朋友的小旅馆里,那就更有趣了——至少要让我四处查探一下才行。"

她点点头。我戴上帽子,把信封塞进皮带里。出去前,我告诉她如果她觉得紧张,左手边的最上一层抽屉里有枪。

我回来时看她好像动都没动。但她说已经打电话给卡纳利,给他留了个她认为他会明白的口信。

我们绕了很多弯路才到洛林公寓——位于布兰特和C大道转角处。一路上没有人对我们开枪。据我所知,也没有人跟踪。

我和杰姆·度雷握手,他是洛林公寓白班的职员。我掌心塞过一张折好的二十元钞票,他把手放进口袋里,说很乐意看到"汤普森小姐"不受打扰。

于是我便离开了。午间的报纸没有报道荷巴道上的卢·哈格的消息。

6

荷巴道其实是整个街区公寓建筑中的一栋,共有六层楼高,前面被漆成浅黄色。整条街两边都停了很多车。我缓缓地开过去,仔细查看。整个街区看起来不像因为最近发生什么事情而骚乱过的样子。一切都很平静,天气晴朗,停放的车子也很安详,好像回家的感觉。

我绕到一条两边钉着高高木板围墙的巷子,许多凹进去的地方随便搭着车库。我停在一个写有"出租房屋"的牌子旁边,从两个垃圾桶中间走进荷巴道的混凝土院子,院子沿街。一个男人正把高尔夫球杆放进两门车的后座。大厅里一个菲律宾人拖着吸尘器在吸地毯,一个黝黑的犹太女人在电话总台上写着什么。

我乘自动电梯上去,慢慢沿着长廊来到左边的最后一扇门前。我敲敲门,没有回音,又敲了一次,还是没有,于是用葛林小姐的钥匙开门进去。

没有人死在地板上。

我看看镜子里的自己,这面镜子位于一张壁床的背面。穿过房间,从窗户向下看,下面的壁檐从前是墙顶,往前接通防火梯。瞎子都可以走过来。但梯子上落满灰尘,上面并没有什么足印。

小餐厅和厨房除了该有的东西,其他什么也没有。卧室的地毯色彩令人愉快,墙壁漆成灰色。角落的垃圾桶四周有很多垃圾,梳妆台上有一把折断的梳子,上面有几根红色头发。橱柜内除了一些杜松子酒瓶外,空无一物。

我走回客厅,看看壁床后面,站了一分钟,便离开了公寓。

大厅的菲律宾人拿着吸尘器已经走了三码路。我靠在柜台的电话总机旁边。

"找葛林小姐。"

黑发的犹太女人说:"五二四号。"然后在洗衣单上做了一个记号。

"她不在。她最近回来过吗?"

她抬头看了我一眼,"没注意。什么事——要账的?"

我说我只是个朋友,谢过她就走了。这说明了葛林小姐的公寓没发生过什么令人兴奋的事。我回到巷子,坐进马蒙。

我本来也没有相信葛林小姐讲的故事。

我穿过科多瓦,开过了一条街,停在一家门可罗雀的杂货店旁。这家杂货店沉睡在两棵巨大的胡椒树和一扇灰扑扑、杂乱的窗子后面。角落里有一间公共电话亭。一个老人满脸渴望地朝我蹒跚而来,等弄清楚我想要的又走开了,把眼镜拉到鼻尖上,再次坐下来看报纸。

我放进硬币,拨了号码,一个女子的声音:"电讯!"声音有点慵懒。我请她接冯·白林。

刚接通,他马上就知道是谁。我听到他在清喉咙,然后贴近话筒,非常清楚地说:"我有事告诉你,不过是坏事,我十分难过。你的朋友哈格躺在停尸间。我们十分钟前才接到的消息。"

我靠在电话亭墙上,觉得眼睛憔悴发酸。我说:"还有什么消息?"

"两个外勤警察在西锡马龙某户人家前面的院子发现了他,子弹射穿心脏。昨天的事,但不知道为什么现在才确定身份。"

"西锡马龙,嗯?……嗯,这下可明白了。我去见你。"

我谢过他,挂了电话,站了一会儿,透过玻璃看着外面一个灰发的中年人,他走进店里,正伸手从架子上拿杂志。

然后我又丢了一个硬币,拨了洛林公寓的号码,接通了那位职员。

我说:"度雷,请接线生帮我接红发女孩,好吗?"

我拿出香烟点燃,对着玻璃门喷了一口烟。房间不通风,烟雾打着转。然后电话咔嗒一声,响起接线生的声音:"对不起,你要找的人不接电话。"

"再替我接杰姆,"等他接上了电话,我说,"能不能麻烦你跑上去看看她为什么不接电话?也许她只是小心谨慎而已。"

杰姆说:"没问题。我马上就拿钥匙上去。"

我全身开始冒汗,把话筒放在小架子上,用力把亭子门推开。灰发的家伙眼神迅速离开杂志,抬头看了看我,然后皱了皱眉头,看看手表。烟雾从亭子涌出。过了一会儿,我把门踢上,重新拾起话筒。

杰姆的声音好像从很远的地方传来。"她不在,也许出去散步了。"

我说:"好——也许兜风去了。"

我挂好话筒,推开门出去。灰发的陌生人放杂志时过于用力,结果杂志掉到了地上。我经过时,他正弯腰去捡;接着在我背后直起身子,平静但很坚定地说:"手不要动,不要讲话。继续走,走到你车子那里,做个交易。"

我从眼角看见老人像近视眼似的偷窥我们,但即使他看得够远,也看不出个所以然。有东西顶着我的背,可能是一根手指,不过我想八成不是。

我们非常平和地走出杂货店。

一辆灰色长轿车紧挨在我的马蒙后面。车子后门打开,一个方脸歪嘴的男子伸出一只脚，踩在车门踏板上，右手背在身后车里。

押着我的人说："上你的车，往西开。拐过第一个拐角，时速二十五，不能快。"

狭窄的街道铺满阳光，安静祥和，胡椒树低喃着。一条街开外川流不息的车辆在科多瓦大道上络绎不绝。我耸耸肩，打开车门，坐在方向盘前面。灰发的家伙迅速坐在我旁边，盯着我的手。他亮出右手，手中拿着一支短鼻手枪。

"老兄，拿钥匙的时候老实点。"

我很小心。脚刚踩到离合器，后车门砰的一声，接着一阵急促的脚步声，有人坐进了马蒙的后座。我挂了挡，在拐角处转弯。从后视镜里看见后面的灰车也跟着转弯，然后把距离稍微拉远些。

我在和科多瓦大道平行的一条街上往西开。走了一条半街，后面一只手从我的腋窝伸过来，把我的枪拿走了。灰发家伙把短枪搁在腿上，另一只手仔细地在我身上搜了一遍，然后满意地靠在后座上。

"好。上大街，然后加速，"他说，"看到警车，别想打招呼……否则要你好看。"

我转了两个弯，把速度加到三十五，然后保持这个速度。我们经过一些优美的住宅区，然后风景开始疏淡起来。等风景相当平淡的时候，后面的灰车开始落下，朝城里开去，然后消失不见了。

"这是哪一路的绑架？"我问。

灰发家伙笑起来，摸摸宽大的红色下巴，"是正事。大老板有话要跟你说。"

"卡纳利？"

"卡纳利——见鬼！我说的是大老板。"

我看着来往的车辆和远方的景物，几分钟没说话。"你们为什么没有在那栋公寓或巷子里动手呢？"

"要确定没有人保护你。"

"谁是这个大老板？"

"别问了——等下就到了。还有什么事？"

"有，能抽烟吗？"

我点烟时，他抓着方向盘。后座的人从头到尾一声没吭。过了一会儿，灰发家伙叫我停车，换座位，由他开车。

"我以前有一辆这样的车，六年前，还很穷的时候。"他高兴地说。

对这话我想不出什么好回答，所以就只好让烟渗入我的肺。心里捉摸着，如果卢在西锡马龙被杀，为什么凶手没有把钱拿走？如果他真的在葛林小姐的公寓被杀，为什么有人会费那么大的劲把他扛回西锡马龙？

7

二十分钟后,我们来到山脚下。车爬过山脊,绕过长长的白色水泥弯道,经过一座桥。接着爬上另一个山坡,在半路转到一条掩在橡树和熊果树丛的碎石路上。山坡上蒲苇草花白茫茫的一片,像水面的雾气一般。车轮在碎石路上啃咬着,在弯道上打着滑。

我们来到一栋山间木屋,前面的露台宽广,还有鹅卵石加水泥砌成的地基。木屋后面一百英尺的山顶上,发电的风车慢慢地旋转着。一只蓝山雀绚丽地飞过路面,冲向空中,又急速转弯,像一颗石子坠落在我们视线之外。

灰发家伙把车开到露台前,在一辆浅褐色的林肯两门跑车旁停下,熄了火,摆正马蒙长长的手刹。他拔出钥匙,小心地收放在钥匙皮夹里,放进口袋。

后座的人下了车子,把我旁边的门打开,手上拿着一支枪。我下了车,灰发家伙也下了车。我们全部进了屋。

大房间的墙都由抛了光的松木建成,闪着优雅的光泽。踏在印第安地毯上,我们穿过房间,灰头发在一扇门上轻轻敲了下。

一个声音大叫:"什么事?"

灰头发把脸靠在门上,说:"比斯利——还有您想见的家伙。"

里面的声音说进来。比斯利打开门,把我推进去,又把门关上。

这是另一个大房间,依旧是美丽的松木墙,铺着印第安地毯。石头壁炉里漂流木的火焰嘶嘶低吼着,爆燃着。

坐在宽大桌子后面的家伙就是大政客法兰克·杜尔。

他面前摆张桌子,把肥肚皮顶在边缘,然后在上面把玩东西,看起来很有智慧的样子。一张五官模糊的胖脸;一细撮白发稍稍翘起来;小眼尖锐;小手纤细。

他穿着邋遢的灰色西装,前面桌上趴着一只黑色的大波斯猫。他用一只整洁的小手搔着猫的头,猫紧靠着他的手,闲不住的尾巴在桌缘上方摇摆,然后直直垂下。

他说:"坐下。"目光并没有从猫身上移开。

我坐在比较低的一张皮椅上。杜尔说:"喜不喜欢这儿啊?很不错,对吗?这是托比,我的女朋友,我唯一的女朋友。托比,对吗?"

我说:"我喜欢这儿——可是不喜欢上来的方式。"

杜尔稍稍抬起头,看着我,嘴巴微微张开。他的牙齿很漂亮,但并不是天生的。他说:"兄弟,我是个忙人。无须废话。喝一杯?"

"好,我喝一杯。"

他两只手掌轻轻地挤挤猫头,然后把猫推开,双手放在椅子扶手上,用力一推,脸有些涨红,最后终于站起来,摇摇摆摆走到嵌入式壁橱前,拿出一个矮粗的威士忌盛酒器和两只镶金丝的玻璃杯。

"今天没有冰块,"他说,摇摆着回到桌前,"就喝纯的吧!"

他倒了两杯,打个手势,我过去拿我的那杯。他又坐下。我也拿着酒坐下。杜尔点燃一支褐色长雪茄,把盒子往我的方向推了两英寸,然后又靠到椅背上,盯着我看。非常轻松,毫无戒心的样子。

"你就是指控曼尼·廷南的家伙,"他说,"没有用的。"

我啜着威士忌,这酒还行,还咽得下去。

"有时候生活很复杂,"杜尔继续说下去,声音依然平稳轻松,"政治——即使很有趣的时候——很伤脑筋。你知道,我很难缠,我要什么就一定要得到。我现在要求的不多了,但若想要——就非得到不可。至于怎么得到,一点都无所谓。"

"你是有这种名气。"我客气地说。

杜尔的眼睛亮了起来。他四处找那只猫,拉着猫尾巴,把它拖到跟前,开始揉它的肚子。猫似乎很喜欢这样。

杜尔看着我,轻声说:"你杀了卢·哈格。"

"你为什么这么想?"我问,没有特别强调什么。

"你杀了卢·哈格。也许他该死——但是是你成全了他。他被人用点三八口径的枪射穿心脏。你带的就是点三八口径,而且你的好枪法出了名。昨晚你和哈格在奥林达,看见他赢了很多钱。你应该是他的保镖,但是你想到了更好的主意。你在西锡马龙追上他和那个女人,喂了哈格一颗子弹,抢走了钱。"

我喝完威士忌,站起来,再替自己倒一些。

"你和那女人做交易,"杜尔说,"但交易最终没达成。她想到一个俏皮的主意。不过那不重要,因为警方找到哈格时,也找到了你的枪。而且钱在你那里。"

我说:"发出通缉令抓我了吗?"

"等我放出话去……而且枪还没交出去……你知道,我有很多朋友。"

我缓缓地说:"我在卡纳利的场子外面被打昏,算我活该,枪也被缴了。我一直没追上哈格,从此没再看到他。今天早上那个女人来找我,钱装在一个信封里,她瞎掰了一个故事说哈格在她的公寓里被杀。所以钱才跑到我手上——为了保险起见。我不相信那女人的故事,可是她送钱的行为有很多问题。而且哈格是我的朋友,我就出来调查了。"

"你应该让警察处理的。"杜尔笑着说。

"那女人有可能掉入别人的陷阱。而且我可能赚几块钱——合法的。这种事即使在圣安吉罗也会发生。"

杜尔手指戳着猫的脸,被猫漫不经心地咬了一下。然后猫走开,坐在角落里舔脚趾。

"两万二,那女人就这样把钱交给你?"杜尔说,"这像一个女人的行为吗?"

"你拿了钱,哈格被你的枪打死,那女人不见了——但我可以把她带回来。必要时,她会是个好证人。"

"奥林达的那一场赌局真的有诈?"我问。

杜尔喝完酒,嘴上又叼起了雪茄。"当然,"他漫不经心地说,"庄家手——一个叫皮纳的家伙——插了一脚。轮盘接线接在双零上,老把戏,铜钮放在地板上,踩在皮纳的鞋底下,电线沿着他的腿往上拉,电池在他的屁股口袋里。老把戏!"

我说:"卡纳利看起来不像知道轮盘被接线了。"

杜尔咯咯笑着,"他知道盘子被接了线,但不知道他的头号庄家手替别人干活。"

"我可不愿意当皮纳。"我说。

杜尔拿着雪茄做了一个不屑的动作,"他已经被修理了……那场赌局很谨慎、很低调。他们玩得不大,只是正常下赌注,也没有一直都赢,因为做不到。没有一个接线的轮盘能够万无一失。"

我耸耸肩,在椅子上挪动身体。"你知道的可真多。这一切都只是为了给我好看吗?"

他轻轻一笑。"嘿，不是！有一些事情自然就发生了——最好的计划向来如此。"他又摇摇雪茄，一缕灰白的细烟飘过他狡猾的小眼睛。外面房间有压低的谈话声，"我有一些需要讨好的关系——虽然我未必喜欢他们所有的勾当。"他简单地解释道。

"就像曼尼·廷南？他常常在市政厅出入，知道太多事情。好了，杜尔先生。你到底要我怎么替你卖命？自杀吗？"

他大笑起来。肥胖的肩膀愉快地摇晃着。一只小手的掌心朝我伸过来。"我不那么想，"他冷冷地说，"有更合适的交易。我要改变大众对沙隆枪杀案的看法。我怀疑没有你，那个烂检察官能不能够定廷南罪——他可以告诉大家你是被杀掉灭口的。"

我从椅子上站起来，走过去靠在桌上，靠近杜尔。

他说："不要乱来！"声音尖锐，有些喘不过气来，一只手把抽屉拉开一半。手的动作和身体的动作相形之下，显得异常敏捷。

我低头对着他的手微笑，他从抽屉上把手移开。我看见里面躺着一把枪。

我说："我已经对大陪审团说过了。"

杜尔往后靠到椅背上，对我微笑，"人都会犯错，聪明的私家侦探也一样……你可以改变主意——把它写下来。"

我非常小声地说："不。我会被控伪造文书——这样的罪名我可担不起。我宁愿被控谋杀——这样我还可以摆平。尤其是方威得有意摆平的话……他可不愿意糟蹋我这个证人。廷南的案子对他太重要了。"

杜尔平静地说："兄弟，那么你就得试试看如何摆平了。等你摆平后，脖子上还会有其他的烂泥，那样陪审团就不会只凭你的一面之词判廷南的罪了。"

我缓缓地伸出手，搔着猫的耳朵。"那两万二怎么办？"

"如果你想玩,就是你的。毕竟不是我的钱……如果廷南能够脱身,也许我会加上一些我自己的钱。"

我替猫的下巴搔痒,它开始满意地呼噜呼噜叫。我把它抱起来,轻轻地放在手臂上。"杜尔,谁杀了哈格?"我问道,但没看他。

他摇摇头。我看着他微笑着说:"你的猫真可爱。"

杜尔舔舔嘴唇,笑着说:"我看这小畜生喜欢你。"他显然喜欢这个想法。

我点点头——把猫丢到他脸上。

他哀叫一声,伸手去接猫。猫在空中漂亮地转身,两只前爪伸长准备降落。一只爪子抓裂了杜尔的脸颊,像剥香蕉皮似的。他大声惨叫起来。

我拿出抽屉里的枪。比斯利和方脸的家伙闪进来时,我的枪口正顶着杜尔的后脖颈。

一时之间出现了戏剧性的场面。接着猫挣扎着脱开杜尔的手臂,跳到地板上,躲到桌子下面。比斯利举起短鼻手枪,但看起来好像不知所措。

我拿枪口用力戳着杜尔的脖子说:"各位,法兰克先挨枪子……这可不是吓唬你们。"

杜尔在我前面咕哝着,"别慌!"他对手下嘶吼。他从胸前的口袋里掏出手帕,摁着颊上流血的伤痕。歪嘴的家伙开始沿着墙壁向前挪。

我说:"我不喜欢这一套,不过我也不是吓唬人。你最好停在那里别动。"

歪嘴的人停止挪动,狠狠地瞪我一眼,双手垂下来。

杜尔的头半转过来,想要跟我说话。我无法看清他脸上的表情,但他似乎毫不畏惧。他说:"你这样不会得到任何好处。只要我想,很容易就能把你干掉。看清楚,你现在在哪里?你不管对谁开枪,都会惹上更大的麻烦,比起我要你做的事更大的麻烦。你会骑虎难下。"

我想了一下,比斯利得意地看着我,好像他对这些已司空见惯。另一个人则没什么得意的表情。我注意听四周的动静,房子其他的地方好像很安静。

杜尔往前稍微避开枪口,说:"怎么样?"

我说:"我要出去。我有一支枪,看起来如有必要,这枪可以用来杀人。我不想这么做,所以叫比斯利把我的钥匙丢过来,另一个人把枪还我,我就忘记这桩绑架案。"

杜尔懒懒地移动双臂,想要耸耸肩。"然后呢?"

"再仔细盘算一下你的生意。如果你在后面多保护保护我,也许我就跟你一道……还有,如果你像你自己说得那么厉害,几个小时对你来说也不会有什么损失。"

"这倒是个不赖的主意,"杜尔说着,咯咯笑起来,然后对比斯利说,"把枪收起来,钥匙还他,还有他的枪——你今天得到的那一把。"

比斯利叹了口气,非常谨慎地把手伸进裤子,把我的钥匙夹扔过来丢在桌子边缘。歪嘴的家伙伸出一只手,掏掏口袋,我稍微放松了对杜尔脖子的控制。他拿出我的枪,把它扔在地上,然后踢过来。

我从杜尔背后伸出手,拿了我的钥匙和地板上的枪,侧着身体挪向房间门口。杜尔用空洞无神的眼睛盯着我。比斯利的身体跟着我转,我靠近门边时,他闪到一旁。另一个人则竭力控制着自己。

我到了门口,转动锁上的钥匙。杜尔做梦似的说:"你就像皮筋尾端的橡皮球,跑得越远,弹回来得越快。"

我说:"橡皮筋可能有些松了。"然后出了门,把门锁上,镇定一下自己,等着子弹飞出来,但是没人开枪。我这唬人的一招经不起考验,恰如周末结婚戒指上的镀金一样单薄。这招得以奏效完全是因为杜尔的默许。

我出了屋子,发动马蒙,掉转车头,一路滑过山坡,直到下来回到公路上。后面没有什么声音追赶我。

等我回到混凝土公路桥时,已经过了两点。我一手开车一手擦拭着后脑勺上的汗珠。

8

停尸间在长长的、明亮安静的走廊尽头,在郡立大楼大厅的后面探出的一个建筑里面。走廊尽头有两扇门和一面空空的大理石墙。一扇门的玻璃上写着"验尸间",门后没有灯光。另一扇通向一间小小的、令人愉快的办公室。

一个鹅一般蓝色眼睛,锈红色头发,留着中分发型的人正趴在桌上填表格。他抬头上上下下打量了我一番,突然露出笑容。

我说:"嗨,兰登……记得沙隆的案子吗?"

明亮的蓝眼睛眨了眨。他站起来,绕过桌子,伸出手来,"当然。有什么事——"他突然打住话头,手指弹了一下,"该死!你就是指证廷南的那个人嘛!"

我把烟蒂丢到门外的走廊。"我来的目的不是那个,至少这一次不是。一个叫卢·哈格的家伙……昨晚或今天早上被枪杀,听说是从西锡马龙送过来的。可以看一下吗?"

"没人会阻拦你。"兰登说。

他率先走到办公室另一边的门前,开门让我进去。里面完全漆成白色,铺着白色瓷砖和玻璃,灯火通明。一面墙上有两排大箱子,上面有玻璃看格。透过窥视孔,能看到里面都是包裹白布的尸体,深处是结霜的水管。

一具尸体盖着白布躺在头高脚低倾斜的桌台上。兰登随随便便拉下白布，一张没有生机的、平静的、淡黄的脸露了出来。略长的头发散在小枕头上，仍然乌黑光亮。眼睛半睁，漠然地瞪着天花板。

我走上前去，看着那张脸，兰登把布往下拉了一些，手指轻轻敲在胸膛上，响声空洞，宛如敲在木板上。心脏上面有一个弹孔。

"枪法干净利落。"

我迅速转过身，拿出一根香烟在手指间转动，盯着地板。

"谁指认他的？"

"口袋里的东西，当然我们也查了他的指纹。认识他吗？"

"认识。"

兰登的拇指轻轻地搔搔下巴。我们回到办公室，兰登走到桌子后面坐下。

他翻翻文件，从一沓中抽出一份，看了一下。

他说："一辆警长的无线电车在凌晨十二点三十五分发现了他，就在西锡马龙外一条老路上，离交叉口四分之一英里的地方。那儿很少有人经过，但警车会不时过去看看有没有胡闹的人。"

我说："你能判断他死多久了？"

"不太久。送来时，尸体还有温度，那边的夜晚可是很凉的。"

我把未点燃的香烟放进嘴里，嘴唇上下晃动着它说："我打赌你挖出了一颗点三八子弹。"

"你怎么知道？"兰登紧接着问。

"猜的，看起来是那种弹孔。"

他看着我，眼睛明亮，饶有兴趣。我谢过他，说我们还会再见，然后出门，在走廊上点燃香烟。我走回电梯，上到七楼，沿着和楼下一模一样的走廊走，但这次不是通向停尸间，而是通向一些检察官调查员空荡而狭小的办公室。走到一半,我打开一扇门,走进其中的一间。

勃尼·欧斯躬着背懒散地坐在靠墙的办公桌前。他就是方威得说如果有了麻烦,叫我来找的调查组组长。他身材中等,白眉毛,突出的下巴中间有一道很深的凹窝。另一面墙边有另一张桌子,两张硬椅子,橡皮垫上有个黄铜痰盂,其他没什么了。

欧斯淡淡地对我点头,离开椅子,把门闩上。然后他从抽屉里拿出扁盒的小雪茄,点燃一支,又把扁盒推过来,目不转睛地盯着我。我坐在一张硬椅上,靠着椅背。

欧斯说:"嗯?"

"是卢·哈格没错,"我说,"我还以为可能不是。"

"见鬼。我都告诉你是哈格了。"

有人想进来,敲了敲门。欧斯没理,那人就走了。

我缓缓地说:"他大概是在十一点半到十二点三十五分之间被杀的,在发现尸体的地方,才有足够的时间完事,但照那个女人说的,她却没有作案时间。我也没有作案时间。"

"对,也许你可以证明这一点,然后你也可以证明你的朋友没有用你的枪杀人。"

"我的朋友不太可能会用我的枪杀人——如果他是我朋友的话。"

欧斯哼了一声,挖苦地斜着眼对我笑。"大部分人都这么想,所以他才可能得逞。"

我把椅子腿定在地板上,盯着他看。

"我应该告诉你关于钱和枪——所有和我纠缠不清的事情吗?"

欧斯面无表情地说:"应该——尤其是你明明知道别人已经替你说过了。"

我说:"杜尔真是一点时间也不浪费。"

我掐了香烟,抛到痰盂里,然后站起来。

"好,追缉我的命令还没下——我就去说说我的版本。"

欧斯说:"坐下!"

我坐下了。他拿出嘴里的小雪茄,粗鲁地丢得老远。雪茄沿着褐色塑胶地板打滚,在角落里吐着烟。他手臂搁在桌上,两手手指敲着桌面。下唇前凸,压住牙齿咬着的上唇。

"杜尔可能知道你现在在这里。你不在楼下箱子里的唯一原因是他们还搞不清楚到底是把你杀了好,还是赌赌运气。如果方威得选举输了,我就会被扫地出门——如果我跟你扯不清的话。"

"如果他把曼尼·廷南定了罪,他就不会输掉选举。"

欧斯从盒子里又拿出一支雪茄点燃。他拿起桌上的帽子,把玩了一下,戴上。

"那个红头发的女人为什么告诉你她公寓里的歌舞剧,什么地板上的尸体诸如此类的那一堆闹剧呢?"

"他们想要我过去,估计我会去查看是否有枪留下——也许只是核实一下她说的话。这样可以把我从热闹的地方调开,且更容易弄清楚检察官是否派人对我进行了保护。"

"这都是揣测。"欧斯酸溜溜地说。

"那当然。"

欧斯晃了一下粗腿,努力站稳双脚,双手支在膝盖上。小雪茄在他嘴角抖了抖。

"我想见见这些拿着两万二乱撒,只为瞎掰童话故事的家伙。"他狠狠地说。

我又站起来,经过他,朝门走去。

欧斯说:"忙什么?"

我回过头,耸耸肩,面无表情地看着他。"你好像兴趣不大。"

他站起来,疲倦地说:"那出租车司机可能是个可恶的小混混。不过话说回来,也可能是杜尔的爪牙不知道他蹚了这趟浑水。趁他记忆还新鲜,我们去拜访他一下。"

9

格林高级车行在狄文拉,在主干道东面三个街区外。我把马蒙停在消防栓前面,然后下车。欧斯瘫在座位上,咕哝说:"我留在这里,也许会发现跟踪的人。"

我走进一座充满回音的巨型车库,里面光线幽暗,几块新漆的地方色彩亮眼。角落有一个肮脏的玻璃墙的小办公室,一个小个子脑袋后面撑着牛仔帽,满是胡茬的下巴下面挂着一条红领带。他正在把烟草削到自己掌心里。

我说:"你是调度员?"

"对。"

"我找你们的一个司机,叫汤姆·史耐德的。"

他放下刀子和烟草块,开始用掌心压碎烟草,警觉地问:"有什么麻烦吗?"

"没有麻烦,我是他的朋友。"

"又是朋友?哼……先生,他上夜班……我想他已经走了……仁福街一七二三号,靠灰湖那头。"

我说:"谢谢。有电话吗?"

"没电话。"

我从口袋里抽出折叠的地图,打开一部分,放在他鼻子前面的桌上,他看起来有些不悦。

"墙上有张大的。"他粗声粗气地说,开始把烟草塞进短烟斗里。

"我习惯用这一张。"我说。我在摊开的地图上弯下腰,寻找仁福街。然后突然打住,看着年仔帽的脸,说:"你倒挺快想起那个住址的。"

他把烟斗放进嘴里,狠狠地抽了一口,把两根手指迅速塞进敞开的背心口袋里。

"刚才有两个混混问过。"

我赶快折起地图,边塞进口袋,边冲出门。跳过人行道,跃进方向盘后,猛踩油门。

"有人抢先了,"我对欧斯说,"刚才两个家伙问了那小伙子的地址。可能——"

欧斯抓住车子,轮子尖叫转弯时,欧斯不断咒骂。我身子往前倾,拼命向前开。中央街口亮起红灯,我突然转向转到加油站,穿过路障,窜到中央大街,穿梭在车辆中间,然后右转一路朝东而去。

一个黑人警察朝我吹哨子,瞪大眼睛好像要看清楚牌照号码,我无所顾忌地继续前进。

仓库、果菜市场、大瓦斯库、更多的仓库、铁路、两座桥都被抛在身后。我一连闯过三个黄灯,然后以一秒之差闯过第四个。在第六个街区,招来了一位骑警的警笛,欧斯递给我一个青铜星徽。我对着车外猛挥,转到太阳可以反射的方向。警笛停住了。摩托车紧跟在后走了十二个街区,然后转开。

灰潮是个人工水库,坐落在两座山丘之间的凹崖处,在圣安吉罗的东缘。狭窄但耗资巨大铺成的街道逶迤在山间。道路两边,装点着几座廉价、散落的木屋。

我们一头钻进山丘,边疾驶边找门牌号码。灰色如丝的湖面被落在身后。老马蒙的马达在岩块剥落的堤岸间怒吼,把尘土吹落在无人走过的人行道上。土狗在野草间的地鼠洞前逡巡着。

仁福街几乎在山顶上。街头有一栋整齐的小木屋,屋子前面有个裹着尿布的小孩。一片草地上围着铁丝网,里面什么也没有。然后有一大片没有房子的空地。然后有两栋房子,接着路面向下延伸,上下大幅起伏,穿过两边高得足以掩蔽整条街的堤岸。

接着前面转弯处突然爆出一声枪响。

欧斯猛地坐直身子,说:"喔喔!那可不是打兔子的枪。"他迅速抓出手枪,打开旁边的车门闩。

我们开出弯道,看见下坡处有两栋房子,中间有两块陡坡。一辆灰色长轿车在两栋房子中间的空地上滑行。左前方的轮胎扁塌,两扇前门大开,好像张开的大象的耳朵。

一个黑脸的小个子双膝跪在街上,靠在右边开启的车门边。右臂垂下,鲜血直流,另一只手想要捡起前面水泥地上的自动手枪。

我猛地刹住马蒙,欧斯跳了出去。

"嘿,别动!"他大叫一声。

手臂受伤的家伙怒吼着,松了手,往后靠在车门踏板上。车子后面传出一声枪响,在离我耳朵不远处爆开。这时候我已经站在路上。灰色长车斜插在两栋房子中间,所以除了开着的门,我看不清左边的景象。枪声好像是从那里发出来的。欧斯对着门内开了两枪。我弯下腰,看车子下面,看到一双脚。我朝它们开枪,没打中。

就在这时,最近的房子的角落传出很细但非常尖锐的破裂声。灰色长车的玻璃破了。后面枪声大作,房子墙角的灰泥四溅,散落在矮树丛中。接着我看见矮树丛间有个男人的上半身。他趴在下坡上,肩上扎着一把轻型来复枪。

他就是汤姆·史耐德,那个出租车司机。

欧斯嘟哝一声,朝灰车开了火。他朝门又开了两枪,然后闪到引擎盖后面。车后响起更多爆炸声。我把受伤的人的枪踢开,小心绕过他,扫了一眼油箱后面。但是那人有太多角度要照顾到,顾不上我。

他是个大块头,一身褐色西装,在两栋木屋中间的山凹处发出一连串砰砰的枪响。欧斯的枪也怒吼着。那人转过身,朝他不断射击。欧斯现在没有任何掩体。我看见他的帽子飞落在地,他双脚分开笔直地站立,像在练靶场那样稳稳地托着枪。

但是大块头已经败下阵来,我的子弹射穿了他的脖子。欧斯非常谨慎地继续朝他开枪,大块头倒了下去。欧斯枪里的第六发也是最后一发子弹射中了那人的胸膛,他彻底倒下了。他脑袋的一侧撞到路面上,伴随着令人作呕的嘎巴声。

我们从车子两边朝他包抄过去。欧斯蹲下来,扶起这人的背。尽管鲜血流满了他的脖子,他死去的脸却有一种轻松可亲的表情。欧斯开始翻搜他的口袋。

我回头看看另外一个人。他什么也没做,只是坐在车门踏板上,抱着右臂,一脸痛苦。

史耐德三步并做两步爬上堤岸向我们跑来。

欧斯说:"这家伙叫波克·安德鲁,我在赌场常看到他,"他站起来,拍拍膝盖,左手拿了些零碎东西,"对,波克·安德鲁。白天当枪手,按小时或周计酬。我看他以此维生——至少有段时间了。"

"他不是打昏我的人,"我说,"而是我被打昏前看到的那人。如果早上红头发说的有真话,恐怕就是这家伙杀了哈格。"

欧斯点点头,走过去捡起帽子。帽缘上有个洞,"我预料也是这样。"他说着,冷静地把帽子戴上。

史耐德站在我们面前,小来复枪牢牢地握在胸前。他没戴帽子,没穿大衣,脚上穿着球鞋,眼睛明亮愤怒。他开始发抖。

"我就知道我会宰了他们!"他大吼着,"我就知道我会干倒这些下流胚子!"他住了口,脸开始变色——变成绿色。他缓缓弯下身子,放下来复枪,两手撑着弯曲的膝盖。

欧斯说:"老弟,你最好找个地方躺下来。如果我没看错,你快要吐了。"

10

史耐德躺在小木屋家里客厅的沙发床上。额头放着一条湿毛巾。一个蜜色头发的小女孩坐在他旁边,握着他的手。一个年轻妇人头发稍微比小女孩的颜色暗些,坐在角落,疲累而欣喜地看着史耐德。

我们进来时很热,所有的窗户都关上了,所有的窗帘也拉下了。欧斯打开前面的两扇窗户,坐在窗户旁边,看着外面的灰车。黝黑的墨西哥人坐在前座,没有受伤的手抓着方向盘。

"都是因为他们说到我女儿,"史耐德盖着毛巾说,"我才发了疯。他们说如果我不照他们的话做,就回来抓她。"

欧斯说:"好,汤姆。我们就从头听起。"他往嘴里放了一支小雪茄,怀疑地看着史耐德,没有点燃。

我坐进一张非常硬的温莎椅里,看着廉价的新地毯。

"我正在看杂志,等着吃饭,然后去上班,"史耐德谨慎地说,"我女儿去开门,他们拿枪对着我们,把我们都逼进这里。然后关上窗户,拉下窗帘,只留一幅开着。那个墨西哥佬坐在那里往外看,从头到尾一句话都没说。大块头坐在这边床上,叫我把昨晚的事情说给他听 说了两遍。然后他说我得忘记我见了谁,和谁一起进城之类的事,这样就会没事。"

欧斯点点头说:"这个人第一次来这里是什么时候?"

"我没注意。大概十一点半,或者十一点四十五分。我一点十五的时候回到办公室报到,就在从卡利龙把车子拿回来后。昨晚我们足足花了一个小时从海边开车进城。在杂货店里说了十五分钟话,也可能更久些。"

"那样算算,你见他时大概半夜了。"欧斯说。

史耐德摇摇头,毛巾从脸上掉下来。他又把毛巾推了回去。

"呃,不是,"史耐德说,"杂货店那家伙告诉我他十二点关门。我们离开时他还没准备关门。"

欧斯转过头,面无表情地看看我,又回头看史耐德,"说说这两个枪手。"

"大块头说得多,大概意思是我不必跟谁说这件事。如果我听话,他们就会再回来给我一点钱。如果我说错话,他们就回来抓我女儿。"

"说下去,"欧斯说,"他们满嘴废话。"

"他们走了。等看到他们又返回来,我简直要疯了。仁福街是条断头路——有人贪污偷工减料。这条街绕山往前通半英里路,然后就没路了,没有出口。所以他们一定得原路返回……我拿了我的点二二——这是我唯一的枪——躲在树丛里。第二枪打中了轮胎,我想他们以为爆胎了。下一枪我没打中,他们变聪明了,也拿出枪来。后来我打中了墨西哥佬,大块头躲在车后……后来,你们就来了。"

欧斯活动活动他粗硬的手指,阴沉地对角落里的小女孩笑笑。"汤姆,谁住隔壁房子?"

"一个叫格兰迪的家伙,他是巴士司机。他一个人住,现在正在上班。"

"我猜他不在家。"欧斯笑笑。他站起来,走过去,拍拍小女孩的头,"汤姆,你得来局里一趟,做个笔录。"

"没问题,"史耐德的声音疲惫不堪,"我看我的工作也要丢了,我昨晚把车租出去了。"

"那可不一定,"欧斯轻轻说,"除非你们老板不喜欢有胆识的家伙替他跑车。"

他又拍拍小女孩的头,走到门前,打开门。我对史耐德点点头,跟着欧斯走出屋子。欧斯安静地说:"他还不知道杀人的事,没有必要在孩子面前提起。"

我们走到灰车旁,从地下室拿出一些麻袋盖在安德鲁的尸体上,再用石头压住麻袋。欧斯偏着头,漫不经心地说:"我得赶快找个电话。"

他靠在车门上,看着车内的墨西哥佬。墨佬头朝后仰坐着,眼睛半睁,褐色的脸上疲惫不堪,左腕铐在方向盘上。

"姓名?"欧斯厉声问。

"路易·卡德南。"墨西哥佬轻声说,眼都没有睁大一点。

"昨晚你们哪一个人在西锡马龙做掉一个家伙?"

"听不懂,先生。"墨西哥佬低声说。

"别跟我装疯卖傻,混球,"欧斯不动声色地说,"别惹恼我。"他的头弯到窗边,嘴里的雪茄打着转。

墨西哥佬好像被逗乐了,同时又显出很疲倦的样子。右手的血已经干涸,变成黑色。

欧斯说:"安德鲁在西锡马龙一辆出租车上做掉了一个家伙,车里还有一个女人。我们抓到那女人了。你他妈的还有个机会证明你没参与。"

墨西哥佬半睁的眼睛闪过一星亮光,很快又消失了。他微微一笑,露出一排小小的白牙。

欧斯说:"他怎么处理那把枪的?"

"听不懂,先生。"

欧斯说:"他很顽固。他们顽固的时候挺吓人的。"

他从车边走开,踢踢人行道上的松动的泥土,旁边的麻袋盖着死人。他的鞋尖戳着戳着,水泥地上渐渐露出了承包商的名字。他大声读出来:"圣安吉罗·杜尔铺路工程公司。那条肥虫竟然不乖乖干自己的勾当,真是怪事。"

我站在欧斯旁边,往下看着两栋房子中间的山丘。远远的下方,环绕着灰湖的大道上,来往车子的挡风玻璃折射的光线一闪一烁。

欧斯说:"你说说看?"

我说:"杀手知道出租车的事——可能——还有那女人拿着钱进城的事,所以不是卡纳利干的。卡纳利不是那种随便拿着两万二大洋让别人玩的人。红头发也参与了杀人,这其中一定有什么原因。"

欧斯笑笑。"当然,这样做是为了把你引进圈套。"

我说:"真遗憾有些人对人命,或是对两万二,就是一点儿都不在乎。哈格被杀,好让我落入圈套,给我钱好让圈套套得更紧。"

"也许他们认为你有了高球杯,"欧斯咕哝道,"刚好能把你的嘴缝起来。"

我在手指间转着香烟。"即使对我而言,这样做未免还是有些愚蠢。我们现在怎么办?等月亮出来好唱歌——还是下山,继续说些善意的谎言呢?"

欧斯对着安德鲁的麻袋吐了一口,粗鲁地说:"这里是郡的辖地。我可以把整件烂摊子丢给索兰诺的小警察局,把事情压一些时候。出租车司机也会乐意配合的。我已经受够了,所以我要把这个墨西哥佬押去牢房,亲自料理。"

"我也喜欢这样,"我说,"我想你没办法压太久,但时间大概足够让我去看看那条养猫的大肥虫了。"

11

我回到旅馆时,已经快傍晚了。职员交给我一张纸条,上面写着:"请尽快打电话给杜尔。"

上了楼,我喝光瓶底的酒,打电话给楼下又叫了一瓶。接着我搔搔下巴,换了衣服,在电话簿里找杜尔的号码。他住在绿野公园一所美丽的老房子里。

我叮叮当当地替自己调了一大杯顺口的好酒,坐在安乐椅上,电话就在肘边。先是一个女佣接的电话,然后一个男人说到杜尔先生几个字,听起来好像这几个字会让他嘴巴爆炸似的。在他之后,是一个非常温柔的声音。然后是一阵沉默,最后终于轮到杜尔自己接电话,他似乎很高兴我打电话来。

他说:"我一直在想今天早上我们的谈话,我有个更好的主意。过来见我……你可以把那些钱带来,你刚好有足够的时间去银行取钱。"

我说:"是啊!保险库六点关门,但这不是你的钱。"

我听到他咯咯地干笑起来。"别傻了,钱都做记号了,我可不想控告你偷钱!"

我想了想,没有相信——没有相信钱被做了记号。我喝了一口酒,说:"我可能愿意把钱交给原来给我钱的人——当着你的面。"

他说:"我告诉过你那人不在城里,我看看能不能想些什么办法,你可别耍花招啊！"

我说当然不会耍花招，就挂了电话。我喝完酒，打电话给《电讯》的白林。他说警长办公室的人好像根本不清楚哈格的事——或根本不管这事。我仍然不让他登载我的故事，他有点不高兴。从他说话的口气来看，我知道他还没发现灰湖附近的事件。

我打电话给欧斯，但没找到人。

我又调了一杯酒，吞下半杯后才觉得喝得有些过头了。我戴上帽子，改变了对剩下半杯酒的心意，下楼上了车。黄昏的交通十分拥挤，有家的人都开着车回家吃饭。我不确定是两辆还是一辆车跟踪着我。不过，并没有人想追上来，丢一颗手榴弹在我腿上。

房子是方形的两层老式红砖建筑，美丽的院子，红砖围墙上面装饰着一圈白色石头。一辆闪闪发光的黑色大轿车停在一旁的出入口。我沿着红色标记上了两层阶梯，一个苍白瘦削、身穿圆摆外套的人带我走进宽敞安静的大厅，里面都是深色的老式家具，在大厅尽头可以瞥见花园的一角。他带着我穿过大厅，又沿着另一个直角的大厅穿行，最后带我轻轻走进镶嵌装饰板的书房，里面的朦胧的灯光映衬着渐浓的暮色。他离开了，留下我一个人在那儿。

房间尽头的落地窗大部分都开着。窗外一排静静矗立的大树后面，露出一线黄铜色的天空。树前面一个洒水器缓缓地在一片已经暗下来的草地上方打着转。墙上挂着大幅色调阴暗的油画，一个偌大的黑色书桌一端摆着一排书，旁边有很多深陷的座椅，沉重柔软的地毯从这端的墙边延伸到另一端墙边。空气里隐约透着上好雪茄的香气，混合着不知何处飘来的花香和湿土香。门打开了，一个带着夹鼻眼镜长相有点年轻的人走进来，对我客套地点点头，暧昧地看了一下四周，说杜尔先生立刻就来。他又出去了，我点了一根香烟。

过了一会儿，门又被打开了，比斯利走进来，微笑着经过我身旁，坐在窗户边。然后杜尔进来，后面跟着葛林小姐。

杜尔手臂上揽着他的黑猫，脸上还有两道可爱的抓痕，右颊贴着发光的胶布。葛林小姐的衣服和我早上时看到的一样。她看起来脸色晦暗，疲惫无神。经过我身边时，一副从没见过我的模样。

杜尔把自己塞进书桌后面的高背椅，把猫放在面前的桌上。猫慢慢走到桌角，开始舔肚子，动作冗长夸张，却正经八百。

杜尔说："好极了，人都来了。"然后愉快地咯咯笑起来。

穿着圆摆外套的人托着一盘鸡尾酒进来，递给每一个人，把放有调味罐的托盘放在葛林小姐旁边的矮几上。之后他又走了出去，小心地关上门，好像害怕把门打破似的。

我们都喝着酒，每个人看起来都很严肃。

我说："人都到了，只差两个人，要不咱们就达到最低法定人数了。"

杜尔厉声说："什么？"头偏向一边。

我说："卢·哈格在停尸间，卡纳利在躲警察。否则我们就都聚在一起了，所有的相关人士。"

葛林小姐忽然做了一个动作，忽然又停下来，戳着椅子扶手。

杜尔吞了两口鸡尾酒，把杯子放在一边，整洁的小手交叉放在桌上。表情看起来有些阴险。

"那笔钱，"他冷冷地说，"现在由我来保管。"

我说："不管是现在还是任何时候，都轮不到你保管，我没带来。"

杜尔瞪着我，脸变得有些红。我看着比斯利，他嘴里叼着烟，手放在口袋里，头靠着椅背，看起来半醒半睡。

杜尔若有所思地轻轻说："先藏着，嗯？"

"没错,"我阴沉地说,"只要钱在我手上,我就还算安全。你让我碰这钱时,就玩过火了。我若不抓住机会,岂不是呆子。"

杜尔说:"安全?"语调有些阴险。

我笑了。"还不够安全到让我不掉入圈套,但上一个圈套不够高明……当然还不够安全到不再次被人用枪挟持。不过下次可就没那么容易了……但足够保证不会有人从背后射杀你,或赔上财产。"

杜尔抚摸着猫,直视着我。

"我们再把一两件事情弄弄清楚,"我说,"谁害了哈格?"

"你凭什么认为不是你?"杜尔恶狠狠地问。

"我的不在场证明已经确凿了。等我弄清楚卢的死亡时间,才知道对我多有利。我现在干净了……不管是谁交出什么枪,说什么鬼故事……那些被派去毁掉我不在场证明的小子惹上了一些麻烦。"

杜尔说:"所以呢?"没有流露出明显的情绪。

"一个叫安德鲁的暴徒和一个自称路易·卡德南的墨西哥佬,我敢说你一定听说过他们。"

"我不认识这种人!"杜尔厉声说。

"那么听到安德鲁死翘翘了,卡德南也被警察抓了,你也不会难过了。"

"当然不会。"杜尔说:"他们是卡纳利派去的,是卡纳利下的令杀掉哈格。"

我说:"所以这就是你的新主意了,真烂!"

我身子往前倾,把空杯子放在椅子下。葛林小姐转过头看着我,非常沉重地说——好像我相信她的话对人类的未来无比重要似的:"当然——当然是卡纳利叫人杀了卢……至少,是他派出来追我们的人杀了卢。"

我礼貌地点点头。"为什么？因为没得到的一袋钱？他们才不会杀了他。他们会把他抓起来，把你们两个都抓起来。是你安排杀了他，出租车的把戏是为了把我引开，不是为了瞒过卡纳利的手下。"

她迅速伸出手来，眼睛在冒火，我继续说下去。

"我不太聪明，但也没把事情想得太简单。到底会是谁呢？卡纳利没有枪杀卢的动机，除非是为了拿回被骗的钱——如果他那么快就知道上当受骗的话！"

杜尔舔着嘴唇，下巴颤抖，觑着小眼来回看着我们。葛林小姐慌张地说："整部戏卢都了解，他和荷官皮纳一起计划的。皮纳要一笔远走高飞的钱，他要搬到哈瓦那。当然卡纳利迟早会知道，但没那么快，如果我当时没吵起来闹么一通话。我害得卢被杀——但不是你想象的那样。"

我根本没注意到我的烟掉了一英寸长的烟灰。"好，"我紧追不舍地说："就算卡纳利干了整件好事……我猜你们两个骗子以为我只在乎这点……卡纳利发现被骗后，卢应该人在哪里呢？"

"他应该走掉了，"葛林小姐语气中不带任何感情地说，"走到天涯海角了。而且我应该跟他一道走的。"

我说："胡说八道！你好像忘记我知道卢为什么被杀了。"

比斯利在椅子上坐直身子，右手十分轻巧地移向左肩，"老板，这个聪明的家伙惹火你了吗？"

杜尔说："还没，让他说下去。"

我动了一下身子，好把比斯利看得清楚些。外面的天空已经黑了，洒水器也关掉了。一股潮湿的感觉缓缓渗进房间内。杜尔打开一个杉木盒子，拿出褐色长雪茄放进嘴里，用假牙把烟头咬掉，擦火柴的声音有些刺耳，然后他费力地抽着雪茄，吞云吐雾。

透过一大团烟雾,他缓缓地说:"把这些都忘掉,谈谈钱的事情……曼尼·廷南下午在牢房上吊自杀了。"

葛林小姐突然站起来,双臂垂在两旁;然后又缓缓地沉入椅子里,一动不动地坐着。我说:"有人帮他吗?"我猛烈做了一个唐突的动作——然后打住了。

比斯利迅速瞥了我一眼,但我并没有看他。窗户外面有一个影子——一个比黑暗的草地和更黑暗的树木亮一些的影子。接着,是空洞的、尖锐的连续枪击声,窗内飘进一缕白烟。

比斯利弹了一下,身子抬起一半,接着脸朝地倒下了,一只手臂压在下面。

卡纳利从窗户跳进来,跨过比斯利的身体,往前走了三步。他静静地站着,手里拿着一把长长的小口径黑色手枪,尾端稍大些的消音器筒体闪闪发光。

"全都不要动,"他说,"我是个好射手——即使拿着这把猎象枪。"

他的脸白得几乎发亮。深色的眼睛几乎都是烟灰色的虹膜,没有瞳孔。

他淡淡地说:"晚上开着窗户,声音传得很清楚。"

杜尔把双手放在桌上,开始拍打桌面。黑猫把身子压得非常低,悄悄爬到桌缘,跳到一张椅子下。葛林小姐机械地缓缓把头转向卡纳利。

卡纳利说:"你那张桌子大概有什么机关。如果这个房间的门打开,我就开枪。我会很高兴看到你的肥脖子流血。"

我右手的网根手指在扶手上移了两寸,消音枪立刻转向我,我不再动了。卡纳利棱角分明的八字胡下的嘴巴微微笑了一下。

"你是个聪明的侦探,"他说,"我没看错人,你还是有些讨我喜欢的地方。"

我什么话都没说。卡纳利回头看杜尔。他非常明确地说："我长久以来被你的团伙吸血,不过这又是另一码子的事。昨晚我被骗了些钱,不过也没什么大不了的。然后我又变成杀死这个哈格的凶手。一个叫卡德南的家伙承认说是我雇用了他……这就有点儿离谱了。"

杜尔在桌前轻轻地摇了一下,艰难地放下手臂,用小手撑着脸,开始发抖。他的雪茄在地板上冒烟。

卡纳利说:"我要把钱拿回去,我要摆脱这些指控——但我最想要的是看你说话——这样我可以射穿你的大嘴,看着鲜血流出来。"

比斯利的身体在地毯上扭动了一下,他的手抓摸着。杜尔的眼睛尽力避免看他。这时卡纳利沉浸在自己的思路里,什么都没看见。我移动着扶手上的手指,可是还有很长一段距离。

卡纳利说:"皮纳对我招了,我已经处理了他。你杀了哈格,因为他是不利于廷南的秘密证人。检察官保住了秘密,这个侦探保住了秘密,但哈格没保住。他告诉了这个婊子——这个婊子告诉了你……所以你安排人杀了他,故意让人怀疑是我干的。先是这个条子,如果不管用,就把罪名栽到我头上。"

接着是一阵沉默,我想说什么,但是说不出口。我想除了卡纳利没有人会再说出什么。

卡纳利说:"你安排皮纳让哈格和他的女人赢我的钱。那也不难,因为我向来不在轮盘上耍诈。"

杜尔停止发抖,他抬起脸——跟石灰一样白,缓缓转向卡纳利,那是一张快要癫痫发作的脸。比斯利一只手臂撑着上身,眼睛几乎闭着,但还是费力地把一把枪抓在手中。

卡纳利身体前倾,开始微笑。就在比斯利的枪振动咆哮之时,他扣着扳机的手指开始泛白。

卡纳利拱起背直到身子形成僵硬的弧形。他直直地往前倾倒，撞上桌边，又沿着桌边往下滑到地板上，再没有举起手来。

比斯利扔掉枪，脸又朝下倒在地板上。他身体瘫了，手指痉挛了一阵，最后静止不动了。

我的腿动了动，站起来，走过去下意识地踢开卡纳利掉在桌下的枪。我看见卡纳利至少开了一枪，因为杜尔没了右眼。

他静静地坐着，下巴落在胸膛上，没受伤的半边脸看起来很忧伤。

房间的门打开了，戴着夹鼻眼镜的秘书瞪大眼睛跑进来。他跌跌撞撞地后退靠在门上，又关上了门。我听到了他响彻房间的急促的呼吸声。

他喘着气说："出——出事了吗？"

即便在当时，我也觉得那情景很可笑。然后我才明白他可能近视，从他站着的地方看，杜尔可能看起来很正常。另外，这也可能是杜尔手下人的习惯。

我说："没事——我们会料理。出去别管。"

他说："好的，先生。"然后又出去了。我惊讶得嘴都闭不上。我走过房间，弯腰察看灰发比斯利。他昏过去了，可是脉搏很正常。他身体的一侧在慢慢地流血。

葛林小姐站起来，看起来跟卡纳利一样呆若木鸡。她叨叨叨地冲我说话，声音尖利但很清晰："我不知道卢会被杀死，我也没办法。他们用烙铁烙我——给你看看我遭遇了什么。看！"

我看了看。她把胸前的衣服拉开，乳沟间有一个可怕的烙痕。

我说："好了，老姊。果然够狠毒。不过我们得叫警察来，还有替比斯利叫一辆救护车。"

我推开她走到电话旁,她抓住我的手臂,我把她的手推开了。她继续在我背后说话,声音尖细绝望。

"我以为他们只是会把卢关起来等审判结束,但是他们把他拖出出租车,一句话都没说就杀了他。然后小个子开着出租车进城,大个儿把我带到了山上的一间破屋。杜尔也在那里,他告诉我如何陷害你。他答应如果我听话,就把钱给我;但如果让他们失望,就会折磨死我。"

我忽然意识到我背对着人,于是急忙转回身,手里拿着电话,把枪放在桌上。

"拜托!饶了我吧!"她狂乱地说,"杜尔和荷官皮纳一起设计了整个圈套。皮纳也是把沙隆骗到被杀地方的一分子。我没有——"

我说:"好了——没事了。别紧张。"

房间内,甚至整个房子都寂静无声,好像很多人在门外竖着耳朵倾听。

"那本来也不是个坏主意,"我慢慢地说,好像全世界的时间都是我的,"卢只是法兰克·杜尔手上的一个筹码。他以为这个圈套会把我们两个证人都除掉,来个一石二鸟。可是玩得有点过火,牵扯了太多人,结果砸烂了自己的脸。"

"卢想到别的州去,"她说,抓着衣服,"他怕了,以为轮盘把戏是给他报酬的一种方式。"

我说:"当然了。"拿起话筒,打给警察总局。

房门又开了,秘书拿着一把枪进来。一个穿制服的司机拿着另一把枪跟在后面。

我非常大声地对着话筒说:"这里是法兰克·杜尔的家,这里有人被杀了……"

秘书和司机又闪了出去，我听到走廊上有奔跑声。我挂了电话，再打给《电讯》找白林。当我接通后向他报告事情大概时，葛林小姐从落地窗跑进黑暗的花园里。

我没去追她，我不太在意她逃走。

我得想办法找欧斯，但他们说他人还在索兰诺。那个时候，夜色中已经充斥着警笛声。

我有点麻烦，但不太多。方威得施了太多压力。内幕并没有被全部曝出来，但也足够让那些市政厅身穿两百美元西装的小子在一段时间内举着左臂，捂着脸走路。

皮纳在盐湖城被捕，供出了其他和廷南案有关的四名案犯。其中两人拒捕被杀，另外两人被判无期徒刑，不准假释。

葛林小姐溜得干干净净，再也没听说她的踪迹。我想大概就是这样了，只是我必须交出两万二给公共行政官。他给了我两百块赏钱和九块两毛油钱。有时候我不禁想他把其余的钱弄到哪里去了？

金鱼 ———

1

那天我闲着没事,坐在办公室里晃着两条腿。一阵温暖的轻风从窗外吹进来,裹挟着巷子对面梅森旅馆油炉的烟灰,这些烟灰在办公桌的玻璃面上打滚,一粒粒的,好像花粉撒落在一块空地上。

凯西·荷恩走进来时,我正想出去吃午饭。

她个子很高,一脸憔悴,眼神忧伤,满头金发。她从前是个警察,后来因为嫁给一个犯诈欺罪的无耻小混混强尼·荷恩,想要指引他改邪归正而丢了工作。他没有改邪归正,不过她在等他出狱,以便再试一次。同时她在梅森旅馆经营雪茄摊子,在廉价的雪茄烟雾中看着骗子瘪三来来去去,并偶尔借给其中一人十块钱好让他出城离开。她就是那么心软。她坐下来,打开闪亮的大提袋,拿出一包香烟,用我桌上的打火机点燃一根。她吐了一口烟雾,对着烟皱皱鼻子。

"你听说过林德珍珠吗?"她问,"哎,这一身蓝哔叽真光鲜。你银行账户里一定有钱,看你穿的衣服!"

"你的两个问题,答案都是否定的,"我说,"我从来没听说过林德珍珠,银行里也没有钱。"

"那么你大概会愿意从两万五中分一杯羹了。"

我帮她点燃一根香烟。她站起来,关上窗户说:"我上班时已经闻够那家旅馆的气味了。"

她又坐下，继续说："这是十九年前的事。警方把那家伙关进莱文沃思十五年，放他出来也有四年光景了。一个北方来的大木材商叫苏尔·林德，给他老婆买了这东西——我是说珍珠——只有两颗，价值二十万。"

"那得牛车才拉得动。"我说。

"我看你是不懂珍珠，"凯西说，"不只看大小。反正现在价值更高，而且保险公司开出的两万五赏金仍然有效。"

"我懂了，"我说，"有人把东西藏起来了。"

"这会儿，你终于有点头绪了。"她把香烟丢到一个烟灰缸里，让其继续燃烧。和其他女士一样，我替她把烟捻熄。"那家伙就是因为这个进了莱文沃思，只是警方一直没办法证明他拿了珍珠。那是一桩抢劫邮车的案子。他设法躲在车上，在怀俄明州枪杀了邮递员，抢走挂号邮件，逃掉了。他逃到英属哥伦比亚才落网。但他们当时没能把东西拿回来，只是抓到了他，最后他被判无期徒刑。"

"如果这个故事很长，那么我们就喝一杯吧！"

"日落前我从来不喝醉，这样才不会变成瘾三。"

"这对因纽特人来说可不容易，尤其是夏天的时候。"

她看着我拿出小扁瓶，然后继续说下去。"他的名字叫赛普——华利·赛普。从头到尾全是他一个人单打独斗，他怎么也不肯吐露实情，门儿都没有。过了漫长的十五年，他们开释他，希望他会吐出赃物。除了珍珠，他什么都放弃了。"

"他把东西藏在哪里？帽子里吗？"

"听着，那可不是什么俏皮话，我有那些珍珠的线索。"

我用手捂住嘴，一脸严肃。

"他说他从来就没拿珍珠，他们大概有些相信了，所以放他走了。

但这些珍珠确实在邮车上，挂了号，可是从此踪迹全无。"

我的喉咙开始觉得有些干燥，什么都没说。

凯西继续说下去："有一次在莱文沃思——那么多年只有一次，赛普喝醉了，变得有些紧张兮兮。他的室友是个小个儿，叫'剥皮'马度。他因为伪造二十元钞票服刑二十七个月。赛普告诉他，他把珍珠埋在了爱达荷州。"

我的身子往前倾了一些。

"开始觉得有趣了，嗯？好，听着。剥皮现住我家，他有可卡因瘾，睡觉时爱说话。"

我又往后靠去，"哎呀，天哪！简直就是眼睁睁放任赏金溜走了。"

她冷冷地看着我，然后脸色又柔和下来。"好，"她的声音有些绝望，"我知道这听起来很荒唐。这么多年过去了，所有的聪明人一定都经手过这个案子，邮局的人也好，私家侦探什么的也好。结果冒出一个嗑药的家伙。但他是个不坏的小瘪三，不知怎么我就是信了他。他知道赛普人在哪里。"

我说："这全是他在梦里说的？"

"当然不是。不过你也知道我是一个长耳朵的老警察。也许我爱管闲事，不过我猜他有过前科，又担心他嗑药嗑得太凶。他是我现在唯一的房客，有时候我假装经过他门口，听他自言自语。这样我取得了他的信任，获知了所有的事。他想要这笔钱。"

我的身子又往前倾，"赛普人在哪里？"

凯西微笑着摇摇头，"这件事他就是不肯说，也不肯告诉我赛普现在用的名字，不过他人就在北方，不是在华盛顿州的奥林匹亚就是在那附近。剥皮说在那边见过他，打听过他的事情，不过赛普没见他。"

"那么剥皮在这里做什么？"

"他曾被关进过莱文沃思。你知道老骗子经常会回去看看他跌倒的地方,但他在这里没有朋友。"

我又点了一根香烟,喝了一口酒。

"你说赛普已经出来四年了。剥皮待了二十七个月。他这一向都在做什么?"

凯西同情地睁大深蓝的眼睛。"你大概以为他只有一家监狱可以进去。"

"好吧!他会对我说吗?我猜他要人帮忙对付保险公司的人,以防万一真有珍珠,而赛普又不愿意把东西交到剥皮手里。对不对?"

凯西叹了口气。"是的,他会跟你说的。他也头疼,不知道在害怕什么。你现在就去好吗?免得晚了他又开始嗑药昏了头。"

"好啊——如果你要我去的话。"

她从手提袋里掏出一把扁平钥匙,在我的本子上写了一个住址,然后缓缓站起来。

"是个双拼的房子,两边分开,中间有一扇门,钥匙在我这边。万一他没来开门,你就从那里进去。"

"好。"我对着天花板吐了一口烟,看着她。

她走向门口,停下脚步,又回来,低头看着地板。

"我不想多要,"她说,"也许一毛也得不到。但是如果我带着一千或两千的等强尼出来,也许——"

"也许可以叫他改邪归正?凯西,你在做梦,一切都只是一场梦。如果不是梦,你就得个三分之一。"

她屏住呼吸,瞪大双眼以免哭出来。她走向门口,停住脚步,又折回来。

"不只如此,"她说,"还有这个老家伙——赛普。他坐了十五年牢,付出了代价,很大的代价。你不觉得那样有些狠吗?"

我摇摇头,"他偷了东西不是吗?还杀了一个人。他靠什么过日子?"

"他老婆有钱。他只管玩金鱼。"

"金鱼?去他的。"

她走了出去。

2

上次去灰湖区时,我帮检察官的调查组组长勃尼·欧斯开枪撂倒了一个叫波克·安德鲁的枪手。不过那是远在山顶,离湖更远的地方。这栋房子处在稍矮的地方,位于环绕山坡的街道上。它建在一个平台上,前面的墙壁有些裂痕,后面有些空地。

这原来是一栋双拼的房子,有两扇前门和两座台阶。一扇门的窥孔上面挂着门牌,写着:"请按一四三二"。

我停好车子,走上陡直的阶梯,经过两旁的石竹,来到有门牌的一边。那应该是房客的家。我按了门铃,没人应门。所以我走到另一扇门前,也没有人应门。

等候时,一辆灰色道奇两门车呼啸着绕过弯路。一个穿着整洁的蓝衣女孩抬头看了我一秒钟。我没看见车子内还有谁。我没怎么过多注意,我不知道这很重要。

我拿出凯西的钥匙,走进满是香柏油味的紧闭的客厅。里面的家具只够勉强应付日常需要,窗帘十分整洁,前面的布幔下躺着一道安静的阳光。一间小小的餐厅,一间厨房,后面的卧室显然是凯西的,带着一间浴室,前面还有一间卧室好像是用来做缝纫的。这个房间有扇门通往另一边的房子。

我打开门走进去,就像穿过了一面镜子。另一边的客厅里除了一些家具，其他的东西都很陈旧。里面摆着两张单人床，看上去没有人居住。

我走到后面，经过第二个浴室，敲敲和凯西卧室相通的门。

没人回答。我扭了一下门把，走进去。床上的小个儿可能就是剥皮。我先注意到他的脚，因为他虽然穿着裤子衬衫，脚丫子却光着悬在床边，脚踝被绳子绑着。

脚跟被人赤裸裸地炙烧过。尽管窗户开着，但还是有一股血肉烧焦的味道，以及木头燃烧后的气味。桌上一个电熨斗的电线还插着。我走过去，把熨斗关掉。

我走回凯西的厨房，在冷藏柜里找出一瓶威士忌。喝了几口，用力吸了几口气，看着外面的空地。房子后面有条狭窄的水泥路，尽头的绿色木梯通向街道。

我走回剥皮的房间。红色细纹的褐色西装挂在椅子上，口袋全翻出来，里面的东西都落在地上。

他穿着西装裤，口袋也被翻出来。身旁有些钥匙和零钱，还有一条手帕，一个看似女人的化妆盒的金属盒子，洒露出闪闪的白粉——可卡因。

他个头儿很小，不超过五英尺四英寸，褐色的头发稀稀落落，耳朵很大。眼睛没什么特殊的颜色，瞳孔大张，毫无生气。他的双臂展开，手腕被绳子绑在床下。

我检查了他全身，找寻枪伤或刀伤，但没找到。除了脚底没有其他伤痕。死于惊吓过度或心脏衰竭，或两者兼有。他体温尚存，嘴里塞的布也还温暖潮湿。

我擦净碰过的每样东西。离开屋子前，在凯西的窗前张望了一会儿。

走进梅森的大厅时已经三点三十分。我走到角落的雪茄摊，靠在玻璃柜上，买了一包骆驼牌香烟。

凯西掷了一包给我，把零钱丢进我胸前的口袋，给我一张顾客至上的笑脸。

"怎么样？没花你太多时间嘛！"她说着，斜眼盯着玻璃柜台一端的醉汉，那家伙正拿着老式的燧石铁打火机想点燃香烟。

"不太好，"我说，"做好心理准备！"

她很快转过去，丢一包火柴给醉汉。他想接住，却笨手笨脚同时掉了火柴和雪茄，他气冲冲地从地上抓起那两样东西，回头看看背后，好像怕有人会踢他一脚。

凯西的视线绕过我，望着后面，眼神冷静空洞。

"我准备好了。"她轻声说。

"你可以得整整一半了，"我说，"剥皮出局了。他被干掉了——就在他的床上。"

她的眼睛抽搐了一下。两根手指在我手肘旁的玻璃上纠缠着。嘴巴周围出现一道白线。

"听着，"我说，"什么也别说，等我办完事情。他是被吓死的。有人用廉价电熨斗烫他的脚掌。不是你的，我看过了。我敢说他死得很快，大概也说不了什么话，布条还塞在嘴里。坦白说，我出来时，还觉得一切都泡汤了，但现在我不确定。如果他说了，我们就完了，赛普也完了——除非我能先找到他。那些下手的家伙一点忌讳也没有。如果他什么都没说，那还有时间。"

她的头转过来，深凹的眼睛看着大厅入口的旋转门。面颊上的脂粉块非常刺眼。

"我该怎么办？"她喘息着说。

我戳开一盒包好的雪茄，把她的钥匙丢进盒里。她长长的手指轻巧地夹出它，收了起来。

"等你回家发现他，什么也别说。别提珍珠的事，别提我的事。等警方查验他的指纹，知道他有前科，会认为有人找他算旧账。"

我打开香烟盒，点了一根，看了她一会儿。她一动也没动。

"你能应付吗？"我问，"如果不能，现在就说清楚。"

"当然能。"她挑起眉毛，"我看起来像会乱说的人吗？"

"但你嫁给了一个坏蛋。"我冷酷地说。

她红了脸，这正是我要达到的目的。"他不是！他只是个该死的笨蛋！没有人认为我不好，连总局的警察也不会。"

"好，我就喜欢这样。怎么说都不是我们杀了他。如果我们现在说出来，你就可以对分享任何赏金说再见了——如果有人付钱的话。"

"说得一点没错，"凯西没来由地说，"噢，可怜的小瘪三。"她几乎有些哽咽。

我拍拍她的手臂，露出尽量诚恳的微笑，然后离开了梅森旅馆。

3

诚信保险理赔公司在葛拉斯大楼有办公室,三个小房间看起来一点儿都不起眼。但他们其实是一家很大的机构,所以办公室简陋些也没什么关系。

管事的经理名叫鲁汀,一个中年秃头男人,眼神安静,修长的手指抚弄着凹凸不平的雪茄。他坐在一尘不染的大桌子后面,温和地盯着我的下巴。

"马洛?我听说过你,"闪亮的小手指摸摸我的名片,"有什么事?"

我在手指间转着一支香烟,低声说:"记得林德珍珠吗?"

他慢慢堆起笑容,有些无奈。"不可能忘记,那些珍珠让这家公司付出了十五万美元的代价。那时候我还是个意气昂扬的理赔员。"

我说:"我有个主意,可能听起来很疯狂,可能确实疯狂,但我想试试看,你们两万五的赏金还有效吗?"

他咯咯笑了。"马洛,是两万。我们自己用掉了五千。你只是在浪费时间。"

"是浪费我的时间。两万就两万吧!我能得到多少协助?"

"什么样的协助?"

"我能够拿一封信向你们其他的分公司证明我的身份吗?万一我得

到别的州去办事，万一我需要当地警察给我美言几句。"

"往哪个州去呢？"

我对他笑笑，他拿雪茄敲敲烟灰缸边缘，也对我报以微笑。我们两人的微笑都不是由衷的。

"没有信，"他说，"纽约这边的公司也不会为你担保。我们有自己的规定，但你可以私底下利用这些合作关系。如果办妥了，两万块钱就是你的，当然了，你不可能办成。"

我点燃香烟，往后靠在椅背上，对着天花板吞云吐雾。

"办不成？为什么？你们从来就没把那些珍珠找回来过。但它们确实存在，不是吗？"

"它们当然存在。如果还存在，就应该属于我们。但是二十万块钱不可能埋葬二十年——又被挖出来。"

"好吧，不过浪费的还是我自己的时间。"

他敲掉雪茄上的烟灰，垂下眼睛看着我。"虽然你疯了，但我还是喜欢你的坦白。我们是个大机构，如果从现在开始，我派人保护你，怎么样？"

"我会输，知道有人保护我的话。我在这场游戏里耗费了太长时间，我要退出，把所知道的事情都告诉警方，然后回家。"

"为什么要那样做？"

我又往前倾向桌子。"因为，"我缓缓地说，"那个有线索的家伙今天被做掉了。"

"喔——喔。"鲁汀揉揉鼻子。

"不是我把他做掉的。"我补充道。

我们好一会儿没说话。随后鲁汀开口说："你不需要任何介绍信，你甚至都不会带着。尤其让我知道你对这件事门儿清之后，我更不敢给你什么了。"

我站起来,咧嘴笑了下,向门口走去。他也迅速站起来,绕过桌子,把干净的小手放在我的手臂上。

"听着,我知道你疯了,但如果你真的找到什么,告诉我们的人。我们需要宣传。"

"你他妈的以为我靠什么过活?"我怒吼道。

"两万五。"

"我以为是两万。"

"两万五。不过你还是疯子。赛普从来就没拿到那些珍珠。如果他拿了,很多年前,他就会跟我们谈条件。"

"好吧。你们有的是时间决定。"

我们握握手,对彼此笑笑,好像两个聪明的家伙知道对方都不是在开玩笑,但也不想放弃尝试。

回到办公室时,已经四点四十五分。我随便喝了两杯,把烟斗塞进嘴里,坐下来开始思考。电话响了。

一个女人的声音:"马洛?"声音尖细冷淡。我没听过这个声音。

"我是。"

"最好去见一见拉什·麦德。认识他吗?"

"不认识,"我撒了个谎,"我为什么要去见他?"

电话那头突然响起一声清脆的、冷冰冰的大笑。"为了一个脚被烧伤的家伙!"

电话断了。我把话筒放下,擦亮一根火柴,盯着墙壁,直到火焰烧到手指。

拉什·麦德是阔恩大楼里的讼棍,专门替人索赔交通事故损坏赔偿,摆平小案件,制造不在场证明。任何有些臭味,能够赚点小钱的事,他都沾手。我没听过他和任何大案子有干系,例如烧人的脚丫子这种事。

4

下曼哈顿春天街正值下班时间。出租车摇摇摆摆靠近街边。速记员趁早准备回家,有轨电车堵塞了街道,交通警察在努力阻止本该右转的人们。

阔恩大楼正面狭窄,整栋楼是干芥末色,入口有一大副假牙装饰。指引目录上面有无痛治牙,邮递员培训之类,有些只有名字,有些只有号码没有名字。律师拉什·麦德在六一九室。

我走出拉门式电梯,看见肮脏的橡皮垫上放着一个脏兮兮的痰盂。走过满是烟蒂臭味的走廊,我拧了一下六一九室毛玻璃下的门把。门锁着,我敲了敲。

一个阴影走来映在玻璃上,门吱呀一声拉开了。我看到一个矮胖的男人,下巴圆润,眉毛粗黑,油光满面,陈查理式的粗浓的八字胡把他的脸衬得更胖。

他伸出两根被尼古丁染黑的手指。"好,好,抓狗老手亲自出马了,让人过目难忘啊,我猜你就是马洛啦?"

我走进去,等着门再次吱的一声关上。房间地上铺着灰色油毡,没铺地毯,房间里放着一张桌子,右端有一块活动盖板;一个绿色的大保险箱,看起来就像熟食袋一样能防火;两个公文柜;三把椅子;一个内置式衣橱;门边角落有个洗脸盆。

"哎呀，请坐，"麦德说，"真高兴见到你。"他在桌子后面东摸摸西摸摸，整理好破了洞的椅垫，坐了上去，"真高兴你抽空来。谈生意？"

我坐下来，在牙缝里塞根香烟，看着他，一句话没说。我看见他开始冒汗，汗水顺着他的头发往下流。然后他抓了一支铅笔在记事本上做标记。随后飞快地瞥我一眼，又低头看记事本。他开口了——对着记事本。

"有什么主意吗？"他轻轻地问。

"关于什么事？"

他没看我，"关于我们如何合作做点小生意，这么说吧，关于一些石头的事！"

"那只黄莺是谁？"

"呃？什么黄莺？"他还是没看着我。

"打电话给我的那一位。"

"有人打电话给你吗？"

我拿起他的电话，还是老式的头尾分开的那一种。我抓着话筒开始拨警察总局的号码，拨得很慢。我知道他对那个号码应该了若指掌。

他伸手按下话筒槽。"好，听着，"他抱怨着，"你手脚太快，打电话给警察做什么？"

我缓缓地说："他们要跟你聊聊。关于你认识的一个女人，她知道一个脚被烫伤的男人。"

"有必要那样做吗？"他猛扯了一下领结，好像领子太紧似的。

"我倒是不用。但如果你以为我会坐在这里，任你捉弄，就得那样玩。"

麦德打开一个扁平香烟盒，塞了一根进嘴里，那声音就像有人剖开鱼肚皮。他的手在发抖。

"好吧!"他声音低沉,"好,别发火嘛!"

"别再耍花样,"我咆哮着,"说点正经的。如果你找我有事,即便很龌龊,我不想沾边,但至少我会听听。"

他点点头。他现在放松了些,知道我在虚张声势。他吐了一口白色烟圈,看着烟雾缭绕上升。

"好吧,"他平静地说,"我偶尔也装疯卖傻,不过我们不笨。卡萝尔看见你走进房子,又离开,但警察没有来。"

"卡萝尔?"

"卡萝尔·多诺万,我的朋友,是她打电话给你的。"

我点点头。"说下去。"

他没再说什么,只是坐在那里严肃地看着我。

我笑笑,往桌子前倾一倾身子,说:"这就是你担心的事。你不知道我为什么去了那栋屋子,又为什么没有报警。很简单,我想那是一个秘密。"

"我们这是在互相耍弄。"麦德愠怒地说。

"那好,我们就谈谈珍珠的事吧!这样是不是简单多了?"

他的眼睛发光,似乎很兴奋,可是没有表现出来。他努力压低声音,冷冷地说:"卡萝尔有一天晚上送他回家——那个小个儿。神经兮兮的家伙,嗑药嗑得头昏脑涨,可是念念不忘一件事。他说起珍珠的事,提到一个躲在西北或加拿大的老家伙很久以前偷了一些珍珠,到现在还留在手上。只是他不肯说这老家伙是谁,住在哪里,真是狡猾。一直不说,不知道为什么。"

"他想让脚烧伤呗。"

麦德的嘴唇颤抖,一股细汗又出现在他的头发根部。

"不是我干的。"他阴沉地说。

"你或卡萝尔,又有什么区别?小个儿死了。警察会知道这是谋杀。你们没问出答案,所以我才会在这里。你们以为我有你们没拿到的线索。省省吧!如果我知道得够多,就不会坐在这里了。如果你们知道得够多,也不会要我来这里。不是吗?"

他缓缓地堆起笑容,好像这番话伤了他的心。他挣扎着在椅子上坐直身子,打开桌子一边靠下的抽屉,拿出一个包装精美的褐色瓶子和两只条纹玻璃杯。他喃喃说:"二一添作五。你和我分,我要把卡萝尔踢出去。她实在太他妈的心狠手辣,马洛。我见过狠心的女人,但她简直是登峰造极。你根本不会想见她,对吗?"

"我见过她吗?"

"见过吧!她说你见过她。"

"哦,道奇轿车里那个女的。"

他点点头,倒了两杯分量十足的酒,把酒瓶放下,站了起来。"加水?我喜欢加点水。"

"不用了。为什么要我加入?我知道的不比你多,或者说少得可怜。你绝对没必要为了那么一点儿信息如此大费周章。"

他隔着酒杯瞟了我一眼。"我知道如何从林德珍珠上弄到五万美金,那将是你所得的两倍价钱。我可以给你一份,同时得到我自己那份。你有个可以公开活动的身份。加点水怎么样?"

"不要水。"

他走到洗手的地方,开了水龙头,端了半杯水回来。他又坐下来,咧嘴笑笑,举起酒杯。

我们都一饮而尽。

5

到目前为止我犯了四个错误。第一个就是插手管这事,就算凯西的面子再大,也不该管。第二个就是发现剥皮死后,还继续插手管这事。第三就是让麦德知道我知道他在说些什么。第四,这杯威士忌真是烂透了。

喝下那杯酒的时候感觉味道有点奇怪,随后我恍然大悟,好像亲眼看到他到衣橱里换了事先藏好的没有下药的酒。

我静静坐了一会儿,手指尖夹着空空的杯子,力图打起精神。麦德的脸开始变大、变圆、变模糊。他看着我的时候,浓粗的八字胡下肥腻的笑脸剧烈抽搐着。

我把手伸进背后的口袋,掏出一条草草折叠的手帕,没有露出里面的短棍。这个动作只让麦德在抓了一下外套后,不再采取行动。

我站起来,摇摇晃晃地向他走去,挥拳打在他的额头上。

他哀叫了一声,想要站起来,我又朝他下巴打了一拳。他一下子瘫软了,手扫过外套,打翻了桌上的杯子。我把杯子扶正,静静地站着,听着,努力克制着一波翻涌而上的恶心感觉。

我走到一扇门前,扭动门把,门锁上了。这时候我已经头重脚轻,于是拉了一把椅子过来,把椅背抵在门把上,靠着门喘气,同时咬紧牙关,咒骂自己。我拿出手铐,往回走向麦德。

一个很漂亮的黑发灰眼睛女孩从衣橱里走出来,拿着一把点三二口径的枪对着我。

她穿着蓝色套装,上面有很多钉扣,一顶碟形帽生硬地横过她的额头,两侧露出黑亮的头发,眼睛是瓦灰色,冷酷而无所顾忌。脸庞很清新,年轻精致,好像雕刻出来的。

"好了,马洛。躺下来,好好睡一觉吧!你完了。"

我挥着短棍跌跌撞撞地走向她。她摇摇头。她的脸在我眼前晃动,越来越大,轮廓扭曲变形。她的枪口看起来由隧道变成了牙签。

"别犯傻了,马洛,"她说,"你得睡几个小时,让我们抢先行动。别逼我开枪,我会开枪的。"

"去你的,"我咕哝着,"我知道你会开枪。"

"一点儿没错!亲爱的。我就是个我行我素的女人。很好,坐下。"

地板似乎整个掀起,向我撞过来。我坐在那里好像苦海中的一叶扁筏,摊开手掌硬撑着身体,几乎感觉不到地板的存在,我的手麻木了,整个身体麻木了。

我试图用力瞪她。"哈——女——杀——手!"我干笑了一声。

她丢给我一声冷笑,但我几乎听不到。此刻大鼓在我的脑袋里敲打,就像是远处传来丛林的战鼓声。丛林上方一缕缕的光线飘移,黑影幢幢,呼啸声声,宛如树梢上风的呼呼声。我不想倒下,但还是倒下了。

女孩的声音从很遥远的地方飘来,女妖般的声音。

"二一添作五?哼!他不喜欢我的方法?哼!保佑他那颗菩萨心。我们看看他能怎么样?"

在恍恍惚惚中,我好像听到一声闷响。我希望她杀了麦德,可是她没有。她只是帮我快一些昏倒——用我的短棍帮我。

等我醒来时已经是晚上了。头顶上方有什么东西发出了沉闷的响声。桌子后面敞开的窗户外面，黄色的光打在大楼的高墙上。那儿有东西噼啪作响，灯光熄灭了，原来是屋顶上的广告看板。

我从地板上站起来，好像从烂泥堆里挣脱出来。我踉跄地走到洗脸盆前，把水泼在脸上，清醒了一下，搓搓脸，慢慢走到门口，打开灯。

桌上文件丢得到处都是，还有折断的铅笔，信封，空的褐色威士忌酒瓶，烟蒂和烟灰。几个抽屉都已经被人翻遍。我懒得再检查一次，于是离开办公室，乘着颤抖的电梯回到马路上，逛进一家酒吧，喝了一杯白兰地，然后找到车，回家。

我换了衣服，整理好行李，喝了一些威士忌，随后接到一个电话。时间大概是九点半。

是凯西。"这么说你还没走喽。我正希望你还没走。"

"一个人？"我的声音还有点沙哑。

"是啊，刚刚才走人。一堆警察在屋子里待了好几个小时。他们很客气，相当客气，认为是寻仇之类的。"

"我看这会儿电话也被监听了，"我没好气地说，"你以为我要去哪里？"

"呃——你知道的啊！你女朋友告诉我了。"

"一个黑发女孩？很冷静？叫卡萝尔·多诺万的？"

"她拿了你的名片，怎么——难道不是——"

"我没有什么女朋友，"我冷冷地说，"另外我猜，你随随便便，想都没想就透露给她一个地名——一个北方城镇的名字,对吗?"

"是的——"凯西无力地承认了。

我搭了夜班飞机北上。

旅途很顺利,只是我脑袋很疼,口渴得一心只想喝冰水。

6

奥林匹亚的观美旅馆坐落在首都大道上,面对一个普通的城市街区公园。我离开咖啡店,走下山丘。普吉海湾的尽头,人迹稀少,一线排开几个废弃的码头。生火用的木柴被扎成一捆捆地摆满一地。老人们在成堆的柴山里闲荡,或叼着烟斗坐在木箱上。在他们头顶后方的招牌写着:"柴火,砍柴。免费运送。"

招牌后面一面矮崖耸立,北方辽阔的杉林隐约浮现,映衬着灰蓝的天空。

两个老人坐在木箱上,相隔大约二十英尺,互不搭理。我随意走近其中一人。他穿着灯芯绒裤和一件破旧的红黑格子呢的短大衣。呢帽上仿佛沾着二十年盛夏的汗水。他一只手紧抓着一支黑色短烟斗,另一只手沾满污垢,正慢慢地、小心地、入迷地把玩着鼻孔里伸出的一根黑色卷曲的长毛。

我拿了一个箱子放在另一端坐下,填满烟斗,点燃烟草,吐出一口烟雾。我挥着一只手指着水面说:"谁会想到,这片水域竟然连着太平洋。"

他看着我。

我说:"这里是尽头——安静,从容,好像你们的小镇,我喜欢这样的小镇。"他继续看着我。

"我打赌,"我说,"一个在这里住久了的人一定认识镇里,还有附近村落的每一个人。"

他说:"你赌多少?"

我从口袋里拿出一个银币。口袋里不止一个。老人看了看,点点头,突然拔出鼻孔里的长毛,对着光看它。

"你肯定输。"他说。

我把银币放在膝盖上,问:"知道附近有个人养了很多金鱼吗?"

他盯着银币看。附近的另一个老人穿着一身罩衫,鞋子没有鞋带。他也瞪着银币。两人同时吐了一口痰。第一个老人说:"我耳背。"他缓缓地站起来,走向长短不一的木板搭成的棚屋。他走进去,砰的一声关上门。

第二个老人愤怒地把斧头摔在地上,对着关闭的门啐了一口,消失在柴火堆后面。

棚屋的门打开了,穿着短呢大衣的人探出头来。

"臭水沟的螃蟹。"他说,又把门砰地关上了。

我把银币放进口袋,又爬上山丘,要理解他们的语言得花费太多时间。

首都大道贯穿南北。暗绿色的有轨电车穿梭前往一个叫塔姆沃特的地方。远处可见政府的办公大楼。往北的街道经过两间旅馆和一些商店,向左右岔开。右边通往塔科马和西雅图,左边接着一座桥,通到奥林匹亚半岛。

经过左右岔路后,街道忽然变得老旧破败,柏油路面破烂不堪。路旁有一家华人餐馆,一家木板搭成的电影院,一家当铺。从肮脏的人行道上突出来的一块招牌上写着"烟店",下面还有一行小字,写着"台球",字小得好像不希望被人看见。

我走进店里,经过一排俗艳的杂志和一个里面有苍蝇的雪茄展示柜。左边有一座长长的木制柜台,几台老虎机,一张台球桌。三个小孩在玩老虎机。一个瘦高长鼻、几乎没有下巴的男人自顾自地玩着台球,嘴上咬着一支熄了火的雪茄。

我坐在凳子上,柜台后面一个冷眼秃头的男子从椅子上站起来,用灰色的厚围裙擦着双手,对我露出一颗金牙。

"来点麦酒,"我说,"认识有谁养金鱼吗?"

"有,"他说,"不认识。"

他在柜台后面倒了些东西,推了一个厚玻璃杯过来。

"二十五美分。"

我闻了闻那玩意,皱起鼻子。"'有'是在回答我要的麦酒吗?"

秃头男子举起一个大酒瓶,上面的标签写着:"狄西纯酿麦酒威士忌,保证陈酿四个月以上。"

"好吧!"我说,"我看到它是才搬进来的。"

我掺了些水,把酒喝了,这酒尝起来像霍乱培养液。我在柜台上放了一个二十五美分的硬币。酒保再次露出另一边的金牙,两只粗壮的手抓着柜台,下巴伸向我。

"你什么意思?"他的声音几乎有些温柔。

"我才搬来,"我说,"想找些金鱼摆在窗户前面。我要金鱼。"

酒保非常缓慢地说:"我看起来像认识养金鱼的人吗?"他的脸色有些苍白。

一直在玩台球的长鼻男子收起球竿,晃到柜台旁,挨着我,丢下五分钱。

"在你胡说八道前,给我来杯可乐。"他对酒保说。

酒保似乎费尽力气才把手从柜台上掰开。我低头看看他的手指有没有在木头上留下凹痕。他倒了一杯可乐，用玻璃棒搅了两下，丢在吧台上，深吸一口气，又从鼻子呼出来，咬一咬牙，走向写着"厕所"的门。

长鼻子的家伙举起可乐，看着吧台后面污渍斑斑的镜子。他左边嘴角稍稍抽搐了一下，吐出一句含混不清的话："剥皮怎么样了？"

我的拇指和食指放在鼻子前，用力擤了下鼻涕，感伤地摇摇头。

"很惨，呃？"

"很惨，"我说，"我没听说过你的名字。"

"叫我日落。我总是往西跑。他会守口如瓶吧？"

"他会。"

"你叫什么来着？"

"道奇·威利，埃尔帕索来的。"

"在哪里住啊？"

"旅馆。"

他放下空杯子，"走吧！"

7

我们走进我的房间,坐下来,看着两杯威士忌和冰水后面的彼此。日落紧蹙着眉头快速打量着我,从头到脚,仔仔细细。

我啜着酒,等着。终于,他几乎不动嘴唇地说:"剥皮为什么自己没来?"

"跟他没有留在这里的理由相同。"

"什么意思?"

"你自己揣摩吧!"

他点点头,好像我说了什么有深意的话,然后说:"现在最高价是多少?"

"两万五。"

"疯了!"日落加重语气说,甚至有些粗鲁。

我往后一靠,点燃一根香烟,对着敞开的窗户吐出一口烟。微风裹挟起烟雾,将其撕成了碎片。

"听着,"日落抱怨说,"我对你什么都不了解。你可能是个骗子。我只是不太确定。"

"那你为什么要和我谈呢?"我问。

"你说了那个关键词,不是吗?"

我趁此出招,对着他微微一笑,"没错。金鱼是暗号,烟店就是碰头的地方。"

他面无表情,说明我蒙对了。这是一个梦寐以求、千载难逢的好机会。

"嗯,下一步怎么走?"日落问道,吸出杯子里的一个冰块咬着。

我笑了。"好吧,日落。你这么谨慎,我很满意。如果继续这样下去,我们可以耗上几个礼拜,现在就掀开底牌吧!那个老家伙在哪里?"

日落紧紧抿了一下嘴唇,舔了一舔,又抿紧。他慢慢把杯子放下,右手松垮地放在大腿上。我知道我又犯了一个错误,剥皮知道老家伙人在哪里,所以我也应该知道。

日落的口气表明他没意识到我的错误。他生气地说:"你的意思是说我为什么不掀开底牌,好让你就坐在那边看个究竟。门儿都没有。"

"那你看看喜不喜欢这一套?"我龇牙咧嘴地说,"剥皮死了。"

他的一条眉毛和一边的嘴角抽搐了一下。他的眼神仿佛变得比先前更空洞了。他的声音有些刺耳,好像手指刮着干皮革发出的那样。

"怎么会这样?"

"有你们两人都不知道的竞争对手。"我往后靠在椅子上,微笑着。

枪在阳光下散发着柔和的金属的蓝色光晕。我根本没看清是从哪里冒出来的。枪口滚圆幽黑,空洞地注视着我。

"你找错人了,"日落面无表情地说,"我可不是什么软脚虾,轻易上骗子的当。"

我双臂交叉,小心地把右手朝外让他看见。

"要是我骗你的话,我就……可惜我没骗你。剥皮和一个女孩子玩上了,她套他的话——只套出一点。他没告诉她该去哪里找老家伙,她和她的同伙去剥皮住的地方逼问,用熨斗烫他的脚,他惊吓过度死了。"

日落看起来不为所动。"我的耳朵还有不少空档,可以多听点话。"

"我也是,"我没好气地叫起来,假装突然很恼火,"他妈的,你除了认识剥皮外,还说过什么有用的话?"

他的手指穿在扳机孔处,转动着枪柄,眼睛跟着打转。他毫不在意地说:"老家伙赛普人在西港。这算有用的话吗?"

"好极了。他手上有珍珠吗?"

"他妈的,我怎么会知道呢?"他又稳住枪,把枪垂放在腿上,这回没有对着我,"你刚提到的竞争对手在哪里?"

"我希望我甩掉了他们。可是不确定。我可以把手放下,喝一杯吗?"

"好啊,喝吧!你怎么搅和进来的?"

"剥皮租住在我朋友的老婆那里,我朋友在牢里。她是一个正派的女人,可以信任。剥皮告诉了她,她又拉我进来——这是后来的事了。"

"剥皮死后?你得几成?我可是说定要得一半的。"

我喝干了酒,把空杯推到一旁。"去你的说定吧!"

枪举起了一点,又放下,"总共几个人?"他喘着粗气说。

"现在剥皮出局了,剩三个——如果我们能挤走竞争的人。"

"烧脚的家伙?那没问题。他们长什么样?"

"男的叫拉什·麦德,南方的一个讼棍,五十岁,很肥,八字胡,深色头发,头顶快秃光了,五英尺九英寸,一百八十磅,没什么胆子。女的叫卡萝尔·多诺万,长长的黑头发,灰色眼睛,挺漂亮,五官小巧,二十五到二十八岁之间,五英尺两英寸,一百二十磅,上次看到她时,一身蓝色衣服,非常凶悍,不折不扣的铁石心肠。"

日落冷淡地点点头,把枪收起来。"如果她插手,我们就打趴她。

我家里有辆破车,我们开着慢慢逛去西港看看,也许你可以拿金鱼当幌子。听说他是个金鱼狂。我会在暗中配合你。他太狡猾了,我直接去找他简直是自寻死路。"

"帅呆了,"我诚心地说,"我自己也爱金鱼。"

日落伸手拿起酒瓶,倒了两指深的威士忌,一饮而尽。他站起来,整理好衣领,尽可能地把他的下巴往上抬,尽管他几乎没有下巴。

"老兄,千万别犯错。这事压力可不小,大海捞针,软硬兼施,可能还得要顺手牵羊之类的。"

"那没关系,保险公司的人替我们作保。"

日落拉拉背心的衣角,搓着瘦削的后脑勺。我戴上帽子,把威士忌放进椅子旁边的袋子里,接着关上了窗户。

我们朝门走去。当我正要伸手去扭门把时,外面传来一阵指关节发出的响声。我示意日落后退紧贴墙壁,自己盯着门看了一会儿才打开。

两支枪几乎在同一高度戳进来,一支比较小——点三二口径,一支大的史密斯&威森。他们没法并排走进房间,所以女的先进来了。

"好了,大人物,"她冷冷地说,"钱多得是,就看你能不能拿到。"

8

我缓缓退回房间,两个客人跟进来,一边一个。我被袋子绊倒,往后跌去,撞到地板,滚了一下,侧身哀叫。

日落毫不在意地说:"就是这些人啊!好极了!"

两颗脑袋从我身上移开,我松开了枪,藏在腰旁,继续呻吟。

此时一片沉默。没听到枪声作响。房间的门依然大开,日落平贴在门后的墙上。

女孩从牙缝中挤出一句话:"拉什,盯着大侦探——把门关上。这里不能开枪,谁都不能。"然后我听到她小声地加了一句:"用力关上门!"

拉什·麦德一步步往后退,大枪始终指着我。他背对着日落,这让他眼睛不禁骨碌打转。我原本可以轻易射中他,但戏码不能那样上演。日落双脚分开站着,吐着舌头,呆滞的眼睛里似乎流露出笑意。

他瞪着女孩,女孩瞪着他。他们的枪瞪着彼此。

麦德退到门前,抓着门边,用力一甩。我太清楚接下来要发生的事情了。门砰的一声关上时,点三二同时开火。没有人会听到枪声,因为它早已消失在重重的关门声里。

我伸出手,抓住多诺万的脚踝,使劲一拉。

门砰然关上。她的枪走火了,打中了天花板。

她转身踢腿,试图挣脱我的手。日落紧绷的声音颇有穿透力,"如果你们一定要这样,那就这样吧!我们奉陪到底。"他的柯尔特咔嚓一响。

他声音里的某种特质稳住了多诺万。她身体一软,听任自动手枪掉到身旁,脚甩开我的手,回头狠狠地看了我一眼。

麦德把门上的钥匙一转,靠在木门上,无声地喘息着。他的帽子斜在一边,露出帽檐下两道胶布带子。

我脑子转过这些想法的时候,没有人移动。外面走廊上没有脚步声,没有警笛声。我双膝撑地,把枪收好,然后站起来,走到窗户边。人行道上没有人抬头看观美旅馆的楼上房间。

我坐在老式的宽窗台上,感觉有些尴尬,好像牧师说了什么亵渎的话一样。

女孩咬着牙问我:"这鸟厮就是你的搭档?"

我没回答。她的脸渐渐涨红,眼睛开始燃烧。麦德伸出一只手,挥了一挥,"听着,卡萝尔,听着。这样不是办法——"

"闭嘴!"

"好,"麦德被呛了一下,"好吧!"

日落懒懒地看了女孩三四回,持枪的手轻松地憩在胯骨上,整个人完全松懈下来。我曾经看过他拔枪,希望女孩没上当。

他缓缓地说:"我们听说过两位。你们的条件是什么?其实我连听都不想听,只是受不了别人乱开枪。"

女孩说:"够我们四个人分的。"麦德起劲地点着硕大的脑袋,勉强挤出一丝笑容。

日落看了我一眼,我点点头。"那就四人等分吧!"他叹了口气。

"不过就到此为止。我们去我那里谈一谈,我不喜欢这里。"

"我们看起来一定很白痴。"女孩恶狠狠地说。

"杀人简单,"日落懒懒地说,"我见多了,所以我们才得谈谈,因为这不是玩开枪游戏。"

多诺万从左臂上滑下绒面皮手提袋,把点三二放进去,微微一笑。她笑起来很美。

"我下赌注,"她安静地说,"我加入。你住哪儿?"

"奥特沃特街,我们坐出租车去。"

"好小子,带路。"

我们都出了房间,搭电梯下楼,四个人像朋友一样走过摆满鹿角、填塞野鸟和压花玻璃框的大厅。出租车出了首都大道,经过广场,绕过一栋红色公寓。这栋建筑对这个城镇而言太大了,只有议会开会时才填得满。沿着电车道,还看到了不远处的州议会会场和那些大门紧闭的政府办公楼。

橡树镶缀着人行道。花园围墙后面露出几栋高宅广院。出租车急驶而过,转向一条通往海湾尽头的路。过了一会儿,高树之间一块狭窄的空地上露出一间房子。树干后海水在远方闪烁。房子有个带顶棚的门廊,小块草地上尽是腐朽的杂草和过度繁茂的矮丛。肮脏的车道尽头有个棚子,一辆古董旅行车蹲踞在棚子下。

我们下了车,我付了车费。四个人小心地四处观望。然后日落说:"我的房间在楼上。楼下住了一位学校老师,她不在家。我们上去聊吧。"

一行人穿过草地来到门廊,日落把门打开,指指狭长的楼梯。

"女士先请。美人,带路吧!这个镇上没有人锁门。"

女郎冷冷地看了他一眼,径直从他身边踏上楼梯。我跟在后面,然后是麦德,最后是日落。

二楼只有一个房间，占了大部分空间，前面有树影遮挡，有些昏暗。房里有一扇老虎窗，宽敞的沙发床放在倾斜的屋顶下，一张桌子，一些藤椅，一个小收音机，地板中间摆着一具黑色小炉子。

日落踱进小厨房，拿着一个方瓶和几只玻璃杯回来。他给每个杯子倒上酒，举起其中一杯。

我们各自拿起酒杯坐下。

日落一口喝光他的酒，弯下腰把杯子放在地上，随手掏出他的柯尔特。

我听到麦德打嗝的声音突然陷入冰冷的沉默。女郎的嘴角抽搐了一下，仿佛要大笑出声。接着她身体前倾，左手抓着玻璃杯放在她的挎包上。

日落缓缓地把嘴唇拉成一条细直线。他慢慢地、谨慎地说："烧脚家伙，嗯？"

麦德呛了一下，摊开他的胖手掌。柯尔特朝他咔嗒轻响了一下。他把手放在膝上，抓住了自己的膝盖骨。

"骗子，烧了人的脚，逼他说出秘密，然后大大方方走进他搭档的客厅。你们不是想在他脚上绑圣诞节彩带送来给我吧！"

麦德结结巴巴地说："好……好吧！你……你要……什……什么……条件？"女郎轻轻地微笑，一言不发。

日落咧嘴笑笑，轻轻地说："绳子，用很多泡了水的绳子绑着你们，打上死结。然后我和我的搭档要上路去抓萤火虫——就是你们说的珍珠——等我们回来——"他停下，举起左手横过喉咙，"喜欢这个主意吗？"他瞄了我一眼。

"好，但别这么大声嚷嚷，"我说，"绳子呢？"

"柜子里。"日落回答，用一只耳朵示意角落那里。

我顺着墙朝那个方向看去。麦德忽然发出一声细长的呜咽声,眼睛往上一翻,直接从椅子上摔倒在地,昏死过去。

这可吓坏了日落,他没预料到会有这么愚蠢的事发生。他的右手抖动着,最后把柯尔特对准了麦德的背。

女郎的手滑到包下,挎包向上抬高了一寸。紧握在包下的枪咔嚓一响——日落以为那把枪藏在包里——很快就开火了。

日落咳了一声,手里的柯尔特砰的一响,一块木头从麦德的椅背处飞弹开来。日落的柯尔特掉了,他的下巴抵在胸前,似乎要抬头看天花板。他的长腿向前摊开,脚跟在地板上摩擦出声。他瘫坐在那里,下巴贴胸,眼睛上翻,像腌核桃一样蔫了。

我把多诺万小姐身子下面的椅子踢开,她蜷成一团侧身跌倒,露出光滑的双腿。帽子歪到了一边,她尖叫一声。我踩在她的手上,脚猛地一转,把她的枪踢出阁楼。

"站起来!"

她缓缓地站起来,咬着下唇往后退,眼神狂怒,瞬间成了个气急败坏的捣蛋鬼。她一直往后退到墙边,鬼魅般的脸上两眼闪烁着光芒。

我低头看一眼麦德,走到一扇紧闭的门前——门后是浴室。我转了一下钥匙打开门,对女郎打了个手势。

"进去!"

她拖着僵硬的步子走过来,走到我面前,几乎快碰到我了。

"你听我说,大侦探——"

我把她推进门内,用力把门关上,扭上钥匙。对我来说,如果她要跳出窗子也不干我的事。我先前在楼下观察过那扇窗户。

我走到日落身边,摸摸他身上,触碰到他口袋里一团硬硬的钥匙圈。我小心翼翼地拿出钥匙,以免把他从椅子上弄倒。我没再找别的东西。

钥匙圈上有他的车钥匙。

我又看了看麦德，注意到他的手指和雪一样白。我走下狭窄黑暗的楼梯来到门廊，绕到屋子旁边，坐进棚子下的老旅行车，钥匙圈里有一把钥匙刚好能插进车锁。

车子经过一番折腾才启动，我开下肮脏的车道来到街边。我没听到或看到屋子里有什么动静。屋子后面和旁边的高大松树无精打采地晃动着树梢，冰冷无情的阳光悄悄穿过树梢，时断时续地照射进来。

我挣扎着以最快速度开回首都大道和市区，经过广场和观美旅馆，穿过桥梁，往太平洋和西港飞驰而去。

9

车子高速行驶了一个多小时,穿过一片稀疏的林地,途中我停下喝了三次水,还有一次停车是因为引擎盖松掉了,然后我被淹没在一片滚滚涛声中。宽阔的白色路面,中间画着黄线,缠绕着山腰,远方一群屋宇浮现在海洋的亮光中。接着路向两边岔开了。左边的标志写着:"西港,九英里",这条岔路不是通往前方的屋宇,而是穿越一条铁锈斑斑的悬臂桥,进入一片饱受暴风灾害的苹果园。

又过了二十分钟,我终于嘎嚓嘎嚓一路响着驶进西港。这是一片沙质海岬,后面的高地上耸起几栋木屋。岬嘴尽头有一个狭长的码头,码头尽头有一群帆船,半收的风帆拍打着桅杆。船后是一排浮标和一条不规则的长线,海水带着泡沫漫过隐藏在水下的沙洲。

沙洲之后,太平洋滚滚流向日本。这是海岸最终端的眺望台,是人们在美利坚大陆上所能到达的最西边。这是一个藏匿偷来的两颗土豆般大小珍珠的老囚犯藏身的绝妙之地——如果他没有敌人的话。

我在一栋木屋前停下,屋前有个招牌,写着:"午餐、茶点、晚餐。"一个满是雀斑的兔脸男人对着两只黑鸡挥舞着耙子,但鸡似乎并不怕他。日落的车引擎还在喘息时,他转过身来。

我下了车,穿过小门,指指招牌。

"有午餐供应吗?"

他把钉耙扔向那些小鸡,手在裤子上擦抹一下,诌笑着说:"我老婆准备好了。"他又用一种近乎顽皮的语气小声对我说:"其实只有火腿和蛋。"

"那就行了。"

我们走进屋子。里面三张桌子铺着印花油布,墙上挂着几幅彩色石版画,壁炉架上有个玻璃瓶,里面装着一个大帆船模型。我坐下来,主人走进一扇弹簧门。有人对他嚷嚷了几句,厨房里传来烹饪的滋滋声。他走出来,从我肩膀后俯下身,在油布上放了一些餐具和一张餐巾纸。

"现在喝苹果白兰地太早了,对吗?"他低声说。

我回答这是大错特错。他又走开了,拿着玻璃杯和一瓶琥珀色的液体回来,坐在我旁边倒酒。厨房里一个男中音唱起歌曲《克洛伊》来,声音盖过了那些滋滋声。

我们碰了一下杯子,喝下一口,等着那股热辣劲蹿上脊梁。

"你是生客吧?"小个儿说。

我说是。

"大概是西雅图来的吧?你这件衣服真是不赖。"

"西雅图。"我同意。

"我们这里很少有陌生人来,"他说着,看着我的左耳,"大家也几乎不出门。在废除禁酒令之前——"他停住话头,啄木鸟般锐利的眼睛注视着我的另一只耳朵。

"啊!在废除禁酒令之前。"我做了一个夸张的手势,装作心照不宣地喝了一口酒。

他靠过来,气都快呼到我下巴上了,"妈的,你在码头上的任何一家鱼摊都能装满货。进货时那些玩意儿被藏在螃蟹牡蛎下面。妈的,西港到处都是这种东西,他们把一箱箱的威士忌给孩子玩。先生,这个镇里没有一辆车睡在车库里。车库里的加拿大酒都垒到屋顶上了。妈的,海防队的小汽艇专门在每周固定的时间,在码头上看着船只卸货。礼拜五,总是这一天。"他眨眨眼。

我吐了口烟,厨房里继续传出油炸声和男中音歌唱的声音。

"妈的,你不是卖酒的吧!"他说。

"妈的,不是。我是买金鱼的人。"

"好吧。"他闷闷不乐地说。

我又倒了一杯苹果白兰地。"这瓶我请,"我说,"我要多喝两杯。"他来了精神,"你说你叫什么名字来着?"

"马洛。你以为我说金鱼是开玩笑,可我不是。"

"妈的,那些小东西怎么赚钱过活呢?"

我拉了拉袖子,"你刚说这是件好货色,有人当然就靠着这些花里胡哨的牌子过活,因为总有喜欢追求潮流的人。不过我听说这儿有一个老头收了真正的好货,也许他愿意卖那些他自己培育的东西。"

一个长胡子的大块头女人把厨房门踢开一英尺,大叫:"来拿火腿和蛋!"

店主碎步跑过去,把我的食物拿了回来。我吃的时候,他从头到尾把我打量了一遍。过了一会儿,他忽然拍了一下桌子下的那条瘦腿。

"老华莱士,"他吃吃笑着,"当然了,你是来找老华莱士的。妈的,我们不太认识他,他不跟邻居打交道。"

他在椅子上转过身,指着油腻的窗帘外的远丘。山丘顶上有一栋黄白屋子在太阳下闪耀。

"妈的,他就住在那里。他有一堆……金鱼。嗯?妈的,实在太离奇了。"

我已经对小个儿失去了兴趣。我狼吞虎咽吃完食物,付了钱,还买了三夸脱——一夸脱一块钱的苹果白兰地,摇摇手,回到外面的旅行车里。

好像没必要那么急。麦德会从昏迷中醒来,会解救那个女郎。但他们不知道西港的事情。日落在他们面前没有提到这个地名。他们到奥林匹亚时还不知道,否则会直接到那里去。如果他们在我旅馆房间门外偷听,就知道我不是一个人。但他们闯进来时,没有表现出知道这回事的样子。

还有很多时间。我开到码头四处看了看。桥看起来很坚固,那儿有鱼摊,酒摊,渔夫进出的低级酒馆,台球室,一排老虎机,脱衣秀拱廊。桥下的木桶里,饵鱼在水里跳来跳去。还有一群游手好闲的人,他们对任何想干预的人都是麻烦。我没看见什么维持法纪的人。

我开车往山丘那栋黄白屋子驶去。屋子颇为孤寂,离下一处住户有四条街远。前面种着花,绿草如茵,还有假山庭园。一个妇人一身褐色与白色印花的布衣,拿着喷枪驱杀蚜虫。

我让车子自己熄火,下了车,脱下帽子。

"华莱士先生住这里吗?"

她有张俊美的脸,安静,皮肤紧致。她点点头。

"你想见他吗?"声音安静坚定,口音很好听。

她听起来不像是训练有素的强盗之妻。

我告诉她我的名字,说我在城里听说他养了很多金鱼。而我对品种奇特的金鱼尤为感兴趣。

她放下喷枪,走进屋去。蜜蜂绕着我的头顶嗡嗡叫,这些毛茸茸的大蜂无惧于海面吹来的寒风。远处海涛拍打沙堤之声仿若背景音乐。我觉得北方的阳光有些阴冷,骨子里没有一丝暖意。

妇人从屋子出来，手扶着门。

"他在楼顶，"她说，"希望你不介意爬楼梯。"

我绕过两把朴素的摇椅，进入了偷林德珍珠的人的家。

10

大房间里到处是鱼缸,上下两排放在钉牢的架子上,大的椭圆形鱼缸装着金属架,有些上面装着灯,有些下面打着灯。长满藻类的玻璃后面,水草装点成自然的图案,水里反射着鬼魅般的绿光,七彩的鱼儿在绿光里穿梭游动。

鱼缸里有修长宛如金镖的鱼,还有长尾曼妙的日本纱尾,旗鱼像彩色玻璃一样透明,黑龙睛金鱼长着青蛙似的脸和多余无用的鳍,它们缓缓滑过绿水,好像觅食的大胖子。

房间里大部分的光线来自倾斜的大天窗,天窗下光溜的木桌旁,一个高瘦憔悴的人左手抓着一条扭动的红鱼站着,右手则拿着一边贴着胶布的安全刀片。

他灰色宽眉下的眼睛抬起来看我,他的眼睛深凹,几乎没有颜色,眼神令人捉摸不透。我走到他旁边,看着他抓着的鱼。

"霉菌?"我问。

他缓缓地点点头,"白霉菌。"他把鱼放在桌上,小心地摊开垂幔似的鳍。鱼鳍腐烂分裂,朽烂的边缘有一层白苔。

"白霉菌,还不算太糟糕。替这家伙修剪一下,很快就能恢复健康。先生,找我有事吗?"

我拿着一根香烟在手指间打转,对他微微一笑。

"跟人一样，"我说，"我指的是鱼。它们也会得不该得的东西。"

他把鱼按在木桌上，修掉鱼鳍朽烂的部分。然后摊开尾巴进行修剪，鱼儿很快就停止扭动了。

"有些可以治好，"他说，"有些治不好。例如你就没办法医治鱼鳔的疾病。"他抬头瞄我一眼，"也许你认为这会伤害它，其实不然。你可以摔死一条鱼，但无法像伤人心那样去伤鱼的心。"

他放下刀片，用棉花棒沾些紫药水，涂抹在割除的部位上。然后用手指沾些白色凡士林涂抹在上面。之后他把鱼丢进房间一旁的小鱼缸。鱼儿安详地游来游去，非常自在满意。

这个憔悴的人擦擦双手，坐在长椅的一端，无神的眼睛盯着我。他曾经英俊过，但那是很久以前的事了。

"你对鱼有兴趣？"他问，声音是那种长时间待在牢房和放风院子里养成的喃喃低语。

我摇摇头，"不是特别有兴趣，那只是个借口。赛普先生，我大老远跑来这里找你。"

他舔舔嘴唇，继续盯着我。等他的声音再现时，感觉又疲倦又柔软。

"先生，请叫我华莱士。"

我吐了一口烟圈，手指戳进烟圈里。"为了我的工作，我必须叫你赛普。"

他身体前倾，双手落在分开的瘦膝上，又紧握在一起。骨节嶙峋的大手曾几何时也做过许多苦工。他的头稍稍抬起，杂乱的眉毛下死气沉沉的眼睛冷淡无情，但声音依旧温和。

"一年没见过条子了。哪派的？"

"你猜。"我说。

他的声音更温和了。"听着，条子。我在这里有个很好的家，生活很平静，没有人再来烦我，也没有人有权利烦我，我直接从白宫得到的赦免令。我没事养金鱼玩，一个人只要用心照顾什么就会喜欢什么的。我不欠世界半毛钱，我已经付出了代价。我老婆有钱足够我们过日子，我就是图个清静，条子。"他停了下来，再次摇摇头，"你们没办法整倒我的——再也做不到了。"

我没说话，微微一笑，看着他。

"没有人碰得了我。我直接从总统办公室拿到的赦免令，我只想清静度日。"

我摇摇头，继续对他微笑。"但是你就是得不到这样东西——除非你屈服。"

"听着，"他轻柔地说，"你可能刚接这件案子，还有些新鲜感，想捞点名气。但对我而言，这案子纠缠了我二十年，很多人也是，其中有些还很聪明。他们知道我没有拿珍珠，从来没有。是别人拿走了。"

"邮差，当然。"我说。

"听着，"他的声音依然轻柔，"我坐了牢，看遍所有的人情冷暖。我知道他们会不停地猜想——只要记得的人还活着。我知道他们不时会派个混混来搅和一下。不过那没关系，我不介意。现在我要怎样才能劝你打道回府呢？"

我摇摇头，盯着他背后安静的大鱼缸里漂游的鱼儿。我觉得很累。屋内的沉静在我脑海里制造着恐怖画面——一列火车穿过黑暗，一个强盗藏在邮车里，枪声迸鸣，邮差登时毙命——一滴掉落在水缸里的水，一个保守秘密十九年的人——几乎保住了秘密。

"你犯了一个错误，"我缓缓地说，"记得一个叫'剥皮'马度的家伙吗？"

他抬起头。我看得出他在搜寻着记忆。但这名字好像对他没有任何意义。

"一个你在莱文沃思认识的家伙,因为伪造二十元钞票进监狱的小混混。"

"有了,我记得。"

"你告诉他你有那些珍珠。"

我看得出他不相信我。"我一定是在开他玩笑。"他缓缓地说,一脸茫然。

"也许吧,但重点是他不这么认为。他不久前和一位自称日落的伙伴来到这附近。他们在某个地方碰到你,剥皮认出了你,开始盘算如何发点横财。不过他是个毒罐子,睡觉时说梦话。一个女人得了消息,然后还有另一个女人和一个讼棍也揣测出来。剥皮的脚被烧焦,人也死了。"

赛普眼皮眨也不眨地盯着我。嘴角的皱纹加深了。

我挥挥香烟,继续说下去,"我们不知道他到底说了多少,不过这个讼棍和这个女的在奥林匹亚。日落也在奥林匹亚,只是他也死了。他们杀了他。我不确定他们到底知不知道你在哪里,但迟早会知道,不然别人也会知道。如果警方找不到珍珠,你又打算出售,那么就能耗掉他们的耐心。你也可以耗掉保险公司或者邮局的人的耐心。"

赛普纹丝不动。他关节嶙峋的大手夹在膝盖中间没有移动。死鱼眼只管瞪着我。

"但是你没办法摆脱江湖混混,他们从不罢休,总会有两三个心狠手辣的家伙时间多,闲钱也多,前来找你麻烦。他们总会有办法得到想要的,比如绑架你老婆,或把你抓进林子里,揍你一顿。这些你都得受着……现在我有一个不成熟的小建议。"

"你是哪一路的?"赛普忽然问,"我觉得你闻起来像条子,但不确定。"

"保险公司的,"我说,"条件是这样,总共两万五的赏金,五千块分给告诉我这件事的女人。她通过正当渠道获得的消息,应该分到一份。一万给我。我干了所有的活,承担所有的风险。一万给你——通过我。你直接要的话,一毛都拿不到。还有什么问题吗?"

"听起来不错,"他温和地说,"只是有一个问题,我没有珍珠,条子。"

我狠狠瞪他一眼,我该说的都说了,再也没有什么好说的了。我直起身子离开墙边,把烟蒂丢在木地板上,用力踩灭,转身要走。

他站起来,伸出一只手。"等一下,"他严肃地说,"我证明给你看。"

他经过我面前出了房间。我盯着鱼,咬着嘴唇,听到抽屉打开关上的声音,显然是附近的房间传来的。

赛普回到养鱼室,枯瘦的手上握着一把闪亮的点四五口径哥尔特枪,枪管像一个人的手臂一样长。

他拿枪指着我,说:"我这里面有六颗珍珠,铅做的。六十码之内我可以射中苍蝇的胡须。你不是什么条子。赶紧滚——告诉你那些眼热的朋友我随时都准备好打烂他们的牙齿,星期天则多送一颗子弹。"

我一动没动。这人的死鱼眼里有股疯狂。我不敢动。

"那玩意可真够瞧的,"我缓缓地说,"我可以证明我是条子,你有前科,而且拿那把枪又是罪上加罪。把枪放下,我们好好谈谈。"

我听到好像有车子停在屋外的声音。煞车让轮胎嘎吱作响。脚步声经过走道,上了楼梯。忽然传来几声尖叫,这是一个人被抓住时发出的惊呼声。

赛普退到桌子和一个二三十加仑的水箱之间。他对我露出一个笑容，一个赛场上拳击手利落的笑容。

"看来你的朋友追上你了，"他慢吞吞地说，"趁你还有时间——还留着一口气，把枪拿出来丢在地上。"

我没有动。我看着他眼睛上杂乱的眉毛，又直视他的眼睛。我知道如果我动一下——即使照他说的话做——他也会开枪。

脚步声已经上了楼梯，听起来有些拖沓，似乎其中有人在挣扎。

三个人走进房间。

11

赛普太太首先进来,她步履僵硬,眼神呆滞,手臂僵硬地半举着,双手向前似乎想抓住什么。她的背后有把枪,卡萝尔·多诺万的小点三二被紧紧地握在她纤小残酷的手里。

麦德殿后,他醉醺醺的,喝得满脸通红,面目狰狞,估计是借酒壮胆。他对我挥着史密斯＆威森,恶狠狠地盯着我。

多诺万把赛普太太推到一旁。这个老妇人跌坐到角落里,双膝跪地,眼神空洞。

赛普瞪着多诺万这女人。他显得有些惊讶,因为她是个女孩,而且年轻漂亮。他不习惯和这种类型的姑娘打交道,她似乎消除了他胸中的火气。如果换成是个男人的话,他一定早把他们打成碎片了。

这个身材娇小、脸庞白皙的女孩冷冷地对着他,声音冷酷,叫人心寒,"好了,老家伙,丢掉你的大枪,乖一点。"

赛普缓缓弯下腰,眼睛却没有离开过她,他把硕大的柯尔特放在地上。

"老家伙,把枪踢开。"

赛普把枪踢开。枪滑过光秃的木地板,往房间中心溜去。

"这才听话,老家伙。拉什,你看着他,我来替条子缴械。"

两把枪同时转向,现在那双灰色冷酷的眼睛看着我。麦德走到赛普跟前,用史密斯 & 威森顶着他的胸膛。

女孩不怀好意地微笑着,"柯聪明,嗯?你可真能冒险,不是吗?大侦探,这回失手了吧。你都不搜一搜你那瘦巴巴的同伙,他鞋子里有一张地图。"

"我不需要。"我很快回了一句,对她笑笑。

我尽量装出迷人的笑容,因为赛普太太正在地板上挪动膝盖,每挪动一次,就离赛普的柯尔特更近一点。

"可惜你现在彻底完了——你和你的大笑脸都见鬼去吧。举起你的鸟爪,让我搜你的铁枪。举起来,老兄!"

她还是个女孩,大约五英尺两英寸高,重量大约在一百二十磅左右。她只是个女孩。我六英尺一英寸半高,一百九十五磅重。我举起双手,击中她的下巴。

这可真疯狂,不过我实在受不了多诺万—麦德的行为,多诺万—麦德的枪,多诺万—麦德的狠话。我用力击中她的下巴。

她往后退了一码,小枪开火了。一颗子弹燃烧着我的肋骨,她开始倒下去,缓缓地,好像电影慢动作。这看起来有些傻。

赛普太太拿起柯尔特,对着她的背开了枪。

麦德转过身,就在这时,赛普冲向他。麦德往后一跳,大叫一声又把枪口对着赛普。赛普僵在那里,憔悴的脸庞上又露出狂野的笑容。

柯尔特射出的子弹把女孩击倒在地,她好像被狂风掀翻的一道门。蓝色衣裙晃动,有什么东西撞在我的胸膛上,是她的头。当她挣扎着站起来时,我看了下她的脸,那一刻她脸上的表情,是我从来没见过的。

然后她缩成一团倒在我脚边的地板上,小小的,毫无生气,鲜红的血液从身下流出来。那位高大安静的妇人站在她身后,两手握着冒烟的柯尔特。

麦德朝赛普开了两枪，赛普向前一头栽倒，撞在桌子一角，脸上还挂着笑容。他用来治疗病鱼的紫药水洒得满身都是。他倒下时，麦德又朝他开了一枪。

我抽出鲁格，对着麦德身上我所能想出最痛又不致命的地方——膝盖后面——开了一枪。

他应声而倒，好像被一根隐藏的铁丝绊倒了。他还没开始哀叫前，我就给他戴上了手铐。

我把地上所有的枪都踢开，走到赛普太太面前，拿走了她手上的大柯尔特。

房间里沉静了一会儿。缕缕轻烟飘向天窗，在午后的阳光里呈现出朦胧的灰白色。我听到远处海涛咆哮的声音，接着又听到旁边一声微弱的口哨。

是赛普想说话。他老婆爬向他，依然膝盖跪地，弓着身子趴在他身旁。他的嘴唇上鲜血汩汩而流。他用力眨眼，想让头脑清醒。他撑起头对着她微笑，非常微弱地说："龙睛金鱼，海蒂——龙睛金鱼。"

随后他的脖子一松，笑容消失，头歪向一侧，倒在木质地板上。

赛普太太摸摸他，然后非常缓慢地站起来，看着我，眼神平静，没有伤感。

她以低沉而清楚的声音说："请你帮我把他抬到床上好吗？我不喜欢他和这些人在一起。"

我说："没问题。他说的是什么？"

"不知道，大概是关于他的金鱼之类的废话。"

我抬起赛普的肩膀，她抓着他的脚，合力把他抬进卧室，放在床上。她把他的手合在胸前,帮他合上眼睛,走到窗边把窗帘拉下。①

"就这样,谢谢,"她没看我,"电话在楼下。"

她坐在床边的椅子上,把头埋在赛普手臂附近的被单里。

我走出房间,关上门。

---

① 在美国,如遇家中有人去世,就拉下窗帘告丧。

12

麦德的腿还在慢慢流血，但没有生命危险。我拿一条手帕绑紧他的膝盖时，他万分恐惧地看着我。我估计他是肌腱断裂或者膝盖骨破损。一会儿警察来抓他时，他走起来可能会有点儿一瘸一拐。

我走下楼，站在门廊上看着前面两辆车，然后下坡，往码头走去。除非有人碰巧经过，否则没有人知道枪声来自何处，甚至有可能根本没有人注意到，这附近的树林里大概常常有人放枪。

我走回屋子，看着客厅墙上的电话，决定先不碰它。还有事困扰着我。我点燃一根香烟，盯着窗外，耳朵里响起鬼魅般的声音，"龙睛金鱼，海蒂，龙睛金鱼。"

我上楼回到养鱼室。麦德已经在呻吟了，显然，痛苦难当。我何必在意麦德这种狠毒的恶棍呢？

女孩已经断气。所有鱼缸都完好无损。鱼儿自由自在地在绿色水里游来游去，它们也不在乎麦德。

养着黑色龙睛金鱼的鱼缸在角落里，大约十加仑大小，里面只有四条，都长得很肥，鱼身大约四英寸长，全身漆黑。其中两条浮在水上吸气，两条在底下慢悠悠地游动。它们的身体粗大厚实，尾巴大大地舒展开来，凸出的大眼睛面对你时，看起来像青蛙。

我看着它们在鱼缸里的绿色水草间游动。两只红色的椎实螺贴在鱼缸内壁上，给玻璃做清洁。缸底的两条看起来更肥大迟缓。我在想为什么。

两个鱼缸之间有只长柄滤网。我拿起滤网往里捞，捞到其中一条大金鱼。我翻过网子，看着鱼儿微带银色的肚子，一个类似缝合过的疤痕赫然在目，我摸摸那个地方，发现里面有个硬块。

我把另一条也从水底捞出来，一样的疤痕，一样的圆硬块。我又抓起在上面吸气的其中一条，没有疤痕，没有圆硬块，而且比较难抓。

我把它放回鱼缸，我该料理的是其他两条。我和那个人一样喜欢金鱼，但正事终归是正事，犯罪怎么说都还是犯罪。我脱掉外套，卷起袖子，拿起桌上一边贴着胶布的刀片。

这真是个肮脏的活儿，花了我大概五分钟的时间。然后它们躺在我的掌心里——直径四分之三英寸，沉重饱满，色泽乳白，闪闪发亮，其他珠宝不可媲美。这正是林德珍珠。

我把它们洗干净，用手帕包起来，放下袖子，穿回外套。我看着麦德，看着他痛苦且惊恐的小眼，看着他脸上的汗水淌下来。我根本不在乎麦德，他是个杀手，是个心狠手辣的刽子手。

我走出养鱼室，卧房的门仍然关着。我走下楼，拿起墙上的电话。

"这是西港的华莱士家，"我说，"这里出了意外，需要医生和警察。你们能帮忙吗？"

一个女孩的声音说："我会想办法找个医生，华莱士先生。可能要费一点时间。西港有个镇警长，他可以吗？"

"可以吧！"我谢谢她，挂上电话。在乡下地方安个电话还是有它的用处。

我点燃另一根香烟，坐在门廊简朴的摇椅上。过了一会儿，屋内传出脚步声，赛普太太走出屋子。她站了一会儿，眺望着山丘下方，然后坐在我旁边的另一张摇椅上,干涩的眼睛直直地看着我。

"我猜你是个侦探。"她慢慢地说,有些迟疑。

"没错,我为林德珍珠的投保公司效劳。"

她别过头去,看着远方,说:"我以为他在这里可以得到平静,再也没有人会来骚扰他,我以为这个地方是个庇护所。"

"他不应该留下那些珍珠的。"

她转过头,这一次动作很快。她现在看起来有些错愕,然后现出一丝惊慌。

我把手伸进口袋,拿出叠着的手帕,打开放在手掌上。两个价值十万美元的"凶手"平躺在白麻布上。

"他原本可以得到安宁,"我说,"没有人会来打扰他,但是他不甘心。"

她犹疑地看着珍珠,然后嘴角抽搐,声音沙哑地说:"可怜的华利,还是让你找着了。你很聪明,你知道吗?他杀了几打鱼才学会那个把戏。"她抬头看着我的脸,眼底露出一丝诧异。

她说:"我向来憎恶这个主意。你知道《圣经》故事里的代罪羔羊吗?"

我摇摇头说,不知道。

"人类把自己犯的罪加诸动物身上,然后把它们赶到荒野里去。那些鱼就是他的代罪羔羊。"

她对我微笑,我却没有报以微笑。

她仍然微微地笑着说:"你知道,他曾一度拥有那些珍珠,真的珍珠。经过那么多磨难,他觉得那些珍珠理应属于他。但即使他再次找到它们,他也不可能从中得到任何利益了。好像他在牢里的时候,可能是因为有些地标改了,反正他出狱后无法找到在爱达荷埋藏珍珠的地点。"

似乎有一根冰凉的手指顺着我的脊梁往上爬。我张开嘴，声音似乎不是我自己的："啊？"

她伸出一根手指，摸着一颗珍珠。我的手还拿着它们，好像被钉在墙上的架子。

"所以他就买了这些，"她说，"在西雅图买的，是空心的，塞满白蜡。我忘了他们怎么称呼这道工序，不过看起来很不错。当然我从来没见过真正价值非凡的珍珠。"

"他买这些做什么？"我的声音有些嘶哑。

"你还不明白吗？这是他的罪孽，他必须得把它们藏在荒野之中，藏在这个荒野里。他把它们藏在鱼肚里。还有你知道——"她向我靠过来，眼睛发亮，非常诚恳地说，"有时候我甚至觉得，到了最后，就最近这几年，他好像真的相信他藏的是真正的珍珠。你听懂了吗？"

我低头看着我的珍珠，缓缓地合拢手掌。

我说："赛普太太，我是个平凡人。我不懂什么代罪羔羊的想法。我敢说他就是在自欺欺人——跟任何正常的失败者一样。"

她再次微笑，她笑起来很漂亮。然后她轻轻地耸了耸肩。

"当然你会这么想，但是我——"她摊开手，"唉，现在都无所谓了。我可以把它们留作纪念吗？"

"它们？"

"嗯——那两颗假珍珠。你当然不会——"

我站起来。一辆无顶的福特跑车缓缓爬上山丘。车里的人背心上有颗大星星。引擎喘气的声音就像动物园秃头的老猩猩生气时发出的叫声。

赛普太太站在我身边，一只手半伸出来，带着一丝恳求的神色。

我突然愤怒地对她咧嘴一笑。

"好，你可真有一套，"我说，"我差点就上了当，要不是冷静下来想了想。不过你帮了大忙，女士！'作假'正是你个性里的一面。而且你拿枪的动作又快又狠。赛普最后的遗言露了马脚。'龙睛金鱼，海蒂——龙睛金鱼。'如果石头是假的，他不会费劲这么说。而且他也没那么傻，一路自欺欺人到这般田地。"

她脸上的表情好一会儿都没有变化，然后变了脸，眼睛突然露出可怕的神情。她嘟起嘴，对我啐了一口，然后进屋甩上了门。

我把两万五塞进背心口袋。一万两千五给我，一万两千五给凯西。我可以想象把支票给她时她的眼神。还能看到她把钱放在银行里，一心等待强尼从昆丁假释出狱。

福特停在其他车后面，开车的人对着旁边吐了一口痰，猛拉手刹，直接从车里跳了出来——是个穿着衬衫的大个子。

我走下阶梯去迎接他。

红风

1

那天晚上吹起一阵沙漠之风,那干热的圣安娜风,翻山越岭而来,卷起你的发丝,让你神经紧张,皮肤发痒。那样的夜晚,每个喝酒的聚会最后都以打架收场。温顺的小妻子会感觉像拿着刀刃,打量着老公的脖子。任何事都可能发生。连在鸡尾酒吧都可以买到整杯啤酒。

我走进住的公寓对面新开的迷人的酒吧。酒吧大概开了一个星期,没什么生意。吧台后面的小伙子大约二十出头,看起来好像一辈子都没喝过酒。

里面除了我,只有一位客人。一个醉汉歪歪斜斜地坐在凳子上,背靠着门。他前面整齐地排着一堆一毛钱铜板,大概共两美元。他用小杯子喝着黑麦威士忌,完全沉醉在自己的世界里。

我远远地坐在吧台的一端,买了啤酒,说:"老弟,你果真把云挡在了九霄之外,我没说错吧!"

"我们才开张,"小伙子说,"生意得慢慢做。先生,以前来过吗?"

"嗯哼。"

"住在附近?"

"就在对面的柏格蓝公寓,我叫菲利普·马洛。"

"谢谢你,先生。我叫卢·培卓。"他靠在我对面擦亮的吧台上,"认识那家伙吗?"

"不认识。"

"他应该回家了,我应该叫辆出租车送他回家。他把下礼拜的酒都喝上了。"

"这种夜晚,随他去吧!"

"对他不好。"小伙子对我皱着眉。

"威士忌!"醉汉头也不抬地叫唤。他弹弹手指,没有拍打吧台,为的是不惊动他那一堆铜板。

小伙子看着我,耸耸肩。"我该不该去?"

"是谁的胃?反正不是我的。"

小伙子替他斟上另一杯威士忌。我想他在吧台后面加了水,因为他转过头来时,一脸罪过,好像踢了他老祖母似的。醉汉丝毫不在意。他从一堆铜板里拿出一枚,谨慎得好似外科医生切除脑瘤一样。

小伙子走回来,替我的杯子添啤酒。外面的风呼号着,偶尔把彩色玻璃镶嵌门吹开几英寸,那可是一扇很重的门。

小伙子说:"第一,我不喜欢醉汉;第二,我不喜欢他们在这里买醉;第三,我从来就不喜欢他们。"

"华纳兄弟电影公司可以用你的话来当台词。"我说。

"他们已经用过了。"

就在这个时候我们多了一位顾客。一辆车嘶鸣着停在外面,店门一推而开。一个看起来有些匆忙的家伙走进来。他抓着门,迅速地打量整个地方,眼神单调,眼睛闪亮乌黑。他打扮得很体面,面庞黝黑,狭长的脸颇为英俊,嘴唇紧绷;身穿着深色衣服,白色手帕羞答答地探出口袋。他看起来很冷静,但似乎又有些紧张。我猜是因为热风的关系吧!我自己也颇有同感,只是少了冷静。

他看看醉汉的背后,醉汉拿着空杯在玩跳棋。新顾客看看我,然后沿着酒馆另一边一排高背双人椅看过去,所有的位置空无一人。他走进来——经过那位坐着晃腿、自言自语的醉汉——对着年轻酒保说话。

"老弟,看见一位女士进来吗?很高很漂亮,棕色头发,蓝色绉纱丝衣裳罩着印花开襟外套。戴着宽边草帽,上面绑着丝绒带子。"他的声音严厉,我不喜欢。

"没有,先生。没有那样的人进来。"小伙子说。

"谢了。威士忌不加水。快点,好吗?"

小伙子把酒给他,他付了钱,一口吞下,回头准备离开。刚走了三四步,他止住了步伐,面对着醉汉。醉汉咧着嘴笑,不知从哪里摸出一把枪,动作飞快如风。他稳稳地抓着枪,看起来比我还清醒。黝黑的高个儿呆呆地站着,然后头往后微微一仰,依然站着不动。

店外一辆车疾驰而过。醉汉的枪是一把点二二口径的自动靶枪,有一个大大的准星。枪筒里发出两记冷硬的枪声,一缕青烟翻卷而上,似有若无。

"再见了,华多。"醉汉说。

然后他拿着枪指着酒保和我。

黑家伙很长时间才倒地,他踉跄一步,又稳住自己,晃了晃手臂,又踉跄一步。他的帽子掉下来,然后脸朝地板倒了下去。撞上地板后,就再也不动了。

醉汉滑下凳子,把铜板全部捞进口袋里,慢慢滑向店门。他侧身回头,把枪横过身体。我没有带枪。我没想到喝杯啤酒还需要用枪。吧台后面的小伙子没有动一下或发出一点声响。

醉汉用肩膀轻轻顶着门,眼睛一直盯着我们,然后把门往后推。门大开了,一阵强风涌进来,吹起地板上的那个男人的头发。醉汉说:"可怜的华多。我打赌我把他的鼻子弄流血了。"

门砰然关上。我开始往门口冲去——总是重复同样的错误。不过在这种情形之下,倒还无妨。外面的车子发出吼声,等我抵达人行道时,已经闪烁着模糊的红色尾灯转过附近的街角。我记下车牌号码的本事就像我等着拿到生平第一个一百万一样不经用。

街道上人车依然川流不息,没有人看起来像是知道有人开过枪。强风呼号,遮住了枪声。就算有人听见动静,点二二手枪短促的爆裂声不过就像关门声一样。我走回酒吧。

那个时候,酒吧小伙子还不敢轻举妄动。他只是双手平摆在吧台上,身子稍微前倾,看着地上的黑家伙的背。黑家伙也没有动弹。我弯下腰,摸摸他脖子的动脉。他不会动了——再也不会。

年轻小伙子脸上的表情好像圆圆的牛排被割了一刀,颜色也差不多。眼睛里愤怒多于震惊。

我点燃一根烟,对着天花板吐了一口,简短地说:"快打电话!"

"也许他还没死。"小伙子说。

"他用点二二表明枪法一流。电话在哪里?"

"这里没电话。我钱已经花够多了。天哪,我能为损失八百块朝他脸上踢一脚吗?"

"这是你的酒吧?"

"对,在这之前。"

他扯掉白外套和围裙,走到吧台内侧。"我要把这道门锁上。"说着他把钥匙拿出来。

他走出去,把门从外面锁上,扣上门闩。我弯下腰,把华多翻过来。起初我还没找着中弹的位置,后来才看到。他的外套上有两个很小的洞,在心脏上方。衬衫上有一些血。

作为杀手,这个醉汉正是一位理想人物。

大约八分钟之后,巡逻车的兄弟进来了。小伙子卢·培卓这时已经回到吧台后面,也已经穿上白外套,在收银机前面查好钱,放进口袋,然后记录在账本里。

我坐在一张双人高背椅的边缘,抽着烟,看着华多的脸慢慢失去生命的活力。我在猜想穿花外套的女人是谁,为什么华多没有把留在外面的车子熄火,为什么他那么匆忙,那个醉汉是正等候着他,还是凑巧碰上。

巡逻警察满头大汗地进来。两人都是普通个子,其中一人的鸭舌帽下插着一朵花,帽子有些歪斜。他一看见死者,赶忙把花丢掉,弯下身子去摸华多的脉搏。

"看来已经死了,"他说着把华多再朝上扶起一点,"哦,我看见子弹从哪里进去了,干净利落。你们两个看见他挨枪了?"

我说是。吧台后面的小伙子不搭腔。我告诉了他们事情始末,还说杀手好像是坐着华多的车子逃走了。

警察把华多的皮夹抽出来,快速地搜查了一遍,吹了声口哨,"钱很多,没驾照。"他把皮夹收起来。"好,我们没碰他,看见了吗?只是偶然,我们发现他确实有辆车,而且这车不见了。"

"见鬼了,你们没碰他?"卢·培卓说。

那警察斜了他一眼。"好吧,老弟,"他轻轻说,"我们碰了他。"

小伙子拿起一只干净的高脚圆肚杯,开始擦拭它。接下来的时间里,他从头到尾就在伺候那只杯子。

又过了一会儿,刑事组的快车鸣着警笛招摇而来,吱的一声停在外面。四个人走进来,两个条子,一个摄影师,一个化验组的人。两个条子我都不认识。即使你干侦探这一行很久了,也不可能认识大城市里所有的警察。

其中一位是矮个子，敏捷，黝黑，安静，满面笑容，黑发鬈曲，眼神聪明柔和。另一位是大个子，骨架粗大，长下巴，鼻子上的血管清楚可见，眼睛亮如玻璃。他看起来像个酗酒之人，很剽悍，而且好像自以为比实际更剽悍。他发出嘘声把我赶到靠墙的最后一张高背椅处，他的搭档在前门盘问小伙子，两个蓝制服巡警离开了。采集指纹的人和摄影师开始着手工作。

一个法医走进来，停留的时间只够他发脾气，因为他找不到电话叫运尸车。

矮警察掏空华多的口袋，然后掏空他的皮夹，把所有的东西都丢在双人座位旁的桌子上的大手帕上。我看到有很多现金、钥匙、香烟、另一块手帕，其余没什么了。

大个警察把我推进角落。他说："交出证件，我是柯白尼，刑事警官。"

我把我的皮夹放在他面前。他看了一眼，搜查一番，又丢还给我，在本子上做了些记录。

"菲利普·马洛，嗯？私家侦探。你来这儿查案？"

"喝酒，"我说，"我就住在对面的柏格蓝公寓。"

"认识前面的小伙子吗？"

"他开张后，我才来过一次。"

"觉得他有什么可疑之处没？"

"没有。"

"就年轻人来说，他的态度未免太无所谓了，不是吗？别有所顾忌。只要如实说就好。"

我一共讲了三遍。一次给他讲个大概，一次给他讲细节，一次让他看看我是否记得滚瓜烂熟。最后他说:"这女人可有趣了。杀手叫这家伙华多,可是好像不确定他会出现。我是说,如果华多不确定这女人会来这里的话,也就没有人能确定华多会现身。"

"你的推理很深奥。"我说。

他打量着我,我没有笑。"看来像寻仇,不是吗?不像计划好的,逃跑只是意外。在这个城市里,没有人会不锁车门。而且杀手在两个证人面前下手。我可不喜欢这样。"

"我不喜欢当证人,"我说,"薪水太低。"

他笑笑,露出牙齿上的斑点。"杀手真的醉了?"

"那种枪法?不可能。"

"我也这么想。嗯,这案子很简单。这家伙应该留有案底,而且会留下很多指纹。即使我们现在手头没有他的照片,但几个小时内肯定会有着落。他跟华多有过节,但今天晚上没指望遇见他。华多只是进来问问和他错过约会的女子。这么热的夜晚,这种风会毁了一个女人的脸蛋。她一定是在这附近某个地方等他。所以杀手正好乘机喂了华多两颗子弹,从容逃跑,一点也没在意你们两个。就这么简单。"

"是吧!"我说。

"简单得让人恶心。"柯白尼说。

他摘下呢帽,搔搔油腻腻的金发,头靠在双手上。他长着一张长长的难看的马脸。他拿出手帕抹了抹脸,又擦擦颈背和手背,然后拿出一把梳子梳头——梳完头看起来更糟糕——最后把帽子戴了回去。

"我只是在想……"我说。

"嗯?想什么?"

"这个华多知道这位女子穿什么样的衣服,所以他晚上一定已经和她碰过面了。"

"所以呢?也许去了趟卫生间,回来时发现她不见了。也许她改变了心意。"

"没错。"我说。

但是我想的根本不是那样。我想的是华多形容那女人衣服的方式不像普通男人会说的:蓝色绉纱丝衣裳外罩着印花开襟外套。我连开襟外套是什么都不知道呢!我可能会说蓝衣裳或蓝色丝绸衣裳,但绝不会说蓝色绉纱丝衣裳。

过了一会儿,两个人拿着一个篮子进来。培卓还在擦玻璃杯,对着矮个黑警察说话。

我们一起去了总局。

他们调查了培卓,发现他是清白的。他父亲在康茶科斯达郡安提俄克附近有一处葡萄园。他给培卓一千块钱做生意,培卓花了八百块盘下鸡尾酒吧和霓虹灯之类的东西。

他们让他走人,告诉他要等到做完采指纹的工作后,酒吧才能开门。他挥挥手,笑着说,他猜这起凶杀案对生意一定有好处,因为没有人相信报纸的报道,都会跑来问他事情原委。他讲故事的过程中,他们就会买酒喝。

"这家伙什么也不担心,"柯白尼在他走后说,"一点儿不担心。"

"可怜的华多,"我说,"指纹管用吗?"

"有些模糊,"柯白尼不悦地说,"不过我们可以分类,今天晚上电传给华盛顿。如果没有符合的,就得花一整天,到楼下的照片档案里找他的信息了。"

我和他及他的搭档——他的名字叫伊巴拉——握过手,就离开了。他们也还不知道华多是谁。他口袋里的东西一点儿也没泄露身份。

2

我回到住的那条街时,大约已经九点。走进柏格蓝之前,我四处张望了一下。鸡尾酒吧在街对面,里面一片漆黑。有一两个人鼻子贴着玻璃往里看,但那样的人并不多。人们看到警察和运尸车来了又走,不知道发生了什么事。但是在街角的杂货店打弹球的家伙除外,他们什么都知道,就是不知道如何保住自己的饭碗。

风仍然吹着,跟烤炉一样热,裹挟着尘沙,撕扯着纸屑,拍打着墙壁。

我走进公寓的大厅,乘着电梯到四楼。出了电梯门,我发现一个高个儿女人正站在那里等电梯。

她的宽边草帽上扎着一条打了蝴蝶结的绒带,帽子下是波浪似的褐色秀发。大大的蓝眼睛,长长的睫毛几乎垂到面颊。她穿着的蓝色衣裳可能就是绉纱丝绸,简单的线条并没能掩盖住凹凸有致的身材。外面罩着的可能就是一件印花开襟外套。

我说:"那是开襟外套吗?"

她冷淡地看了我一眼,做了一个好似拨开蜘蛛丝的动作。

"是。麻烦你——我赶时间。我想——"

我没有让步,站在电梯门口挡着她的去路。我们彼此盯着对方,她的脸慢慢涨红起来。

"最好别穿这些衣服上街。"我说。

"什么,你怎么敢这样说——"

电梯哐啷一声关起,往下落。我不知道她要说什么。她的声音不像啤酒屋女郎那样尖声尖气,而是如春雨般轻柔温润。

"我没有胡说八道。你有麻烦了。如果他们搭电梯上来这层楼,你只有一点儿时间能离开走廊。首先脱掉帽子和外套——快点!"

她没有移动。那张略施粉黛的脸好像变得更白了。

我说:"警察在找你,因为你穿着这身衣服。给我个机会,我解释给你听。"

她立即转过头,看着走廊。我不怪她虚张声势地吓唬我。

"不管你是谁,你可真粗鲁。我是31号房间的李罗伊太太。我可以保证——"

"那么你走错楼了。这是四楼。"

电梯停在了底楼。电梯开门的声音从下面传来。

"脱掉!"我大声说,"现在就脱!"

她摘掉帽子,快速解开开襟外套。我一把抓过来,把它们胡乱卷成一团塞在腋下。我一把扯住她的手臂,急步走向门廊。

"我住在42号,你对面的那间,只是多了一层楼。你听好了。我再说一次——我不是胡说八道。"

她动作敏捷地理了理头发,像极了小鸟整理羽毛,似乎这动作已经练习了上万次。

"我的。"她说,然后把皮包塞在腋下,很快迈步向前走。电梯停在了下一层楼。她也同时停下脚步,转过身面对我。

"楼梯在后面电梯间旁边。"我轻轻地说。

"我在这里没有房间。"

"我也认为你没有。"

"他们在找我?"

"对,但是明天以前,他们不会挨家挨户地搜,而且要等搞清楚华多是谁,才会开始。"

她瞪着我。"华多?"

"喔,你不认识华多?"

她缓缓地摇摇头。电梯又开始向下。她的蓝眼珠闪起一阵惊慌,好像平静的水面上泛起了涟漪。

"不认识,"她喘着气说,"不管怎样,带我离开走廊。"

我们刚好到了我家的门口。我插进钥匙,转动锁芯,把门往内推。我伸手进去把灯打开。她像海浪一样飘过我身边进了屋。檀香飘浮在空气里,非常清淡。

我关上门,把帽子丢在椅子上,看着她信步走到牌桌旁,桌上有一着棋我不知道该怎么走。一旦进了公寓,门关上,她的惊慌便不见了。

"所以你下棋啰!"她的声音充满警戒,好像是来看我家的装饰画似的。我倒宁愿那样。

我们两人都静静站着,听着远处电梯门开阖的声音,还有脚步声——走往另一个方向。

我笑了笑,不是因为高兴,而是因为紧张。我走进小厨房,抓了两只玻璃杯,方才发现腋下还夹着她的帽子和开襟外套。我走到壁床后面的更衣间,把它们塞进一个抽屉,又走回小厨房,拿出格外高级的威士忌,调了两杯酒。

等我拿着酒回来,她手上多了一把枪。这是把小自动枪,枪柄镶着珠贝,枪口冲着我,她的眼睛里充满恐惧。

我停下脚步,一只手一个杯子,说:"也许热风把你也逼疯了。我是个私家侦探。如果你愿意,我就证明给你看。"

她轻轻点头,脸色苍白。我缓缓凑过去,把酒杯放在她旁边,退回来,把我的杯子也放下,拿出一张没有折角的名片。她坐下来,左手蹭着自己的膝盖,另一只手抓着枪。我把名片放在她的酒杯旁,拿着我的酒杯坐下。

"千万别让男人靠你那么近,"我说,"除非你玩真的,还有你的保险没开。"

她垂下眼睛,颤抖着,把枪放回皮包。她一口气喝下半杯酒,用力放下杯子,拿起名片。

"我可不随便请人家喝这酒,请不起。"

她的嘴唇翘了翘,"我猜你是想要钱了。"

"啊?"

她没说什么。手又放在皮包上。

"别忘了保险。"我说。她手上的动作停住了。我继续说:"我说的华多这家伙相当高,大概五英尺十一英寸,瘦瘦黑黑,有一双亮晶晶的褐色眼睛。但他鼻梁太宽,嘴唇太薄。他穿着深色西装,胸前口袋露出白手帕,急着要找你。我说的话你可摸得着头绪?"

她又拿起玻璃杯,说:"这人确实就是华多。喔,他怎么了?"她的声音现在听起来似乎带着酒气。

"嗯,有趣。对面有一家鸡尾酒吧……你整晚都到哪里去了?"

她冷冷地说:"大部分时间都坐在车子里。"

"你没看见刚才对街的热闹吗?"

她的眼神想要抵赖,却被嘴巴出卖了。她说:"我知道有些骚动。我看见警察和红红的搜索灯,以为有人受伤了。"

"是有人受伤。这个华多在事情发生之前就到酒吧找过你,他描述了你和你的衣服。"

她的眼睛此刻宛如铆钉般死死地盯着我,表情也一样呆滞;不过嘴角开始颤抖,不停地颤抖。

"我在那里跟开店的小伙子聊天。里面还有一个醉汉坐在凳子上,除此之外,没有别人。然后华多走进来找你,我们说没到你,他便转身要走。"

我啜着酒,享受着这种效果。她的眼神想要吃掉我。

"他正要离开的时候,那个谁也不理的醉汉叫了他一声华多,掏出枪,给了他两下,"——我弹了两次手指——"就这样,死了。"

她对我说的嗤之以鼻,大笑起来,"原来是我丈夫雇你监视我,"她说,"我早该知道整件事都是在做戏,你,还有你的华多。"

我呆呆地看着她。

"我从来没想到他会嫉妒。"她嚷道,"起码不会嫉妒一个当过我们司机的人。史丹的话——那还情有可原。可是约瑟夫·寇兹——"

我抬手挥了挥。"小姐,我们其中一人翻错书了,"我没好气地说,"我不认识什么叫史丹或寇兹的人。帮帮忙!我连你有个司机都不知道呢。这里的人可用不起他们。至于丈夫嘛——有,偶尔会有个丈夫来跟我谈这种生意,不过这种情况不多。"

她缓缓地摇摇头,手仍然靠在皮包边,蓝色的眼睛闪闪发光。

"马洛先生,你做得不够好,一点儿都不好。我知道你们这些私家侦探,把戏烂透了。你把我骗到你的公寓——如果这是你的公寓的话。这里恐怕还住着哪个可怕的家伙,为了骗几块钱什么话都说得出口呢!你现在吓唬我,想勒索我——一边还可以从我丈夫那里收钱。好吧!"她气呼呼地说,"我得付多少钱?"

我把空杯子放到一旁，往后靠去，"对不起，我得点一根烟。我的魂都吓散了。"

我点烟的时候，她毫不畏惧地看着我。"原来他叫约瑟夫·寇兹，"我说，"在酒吧里杀他的家伙叫他华多。"

她带着一丝厌恶，但勉强笑着说："别拖拖拉拉的，多少钱？"

"你为什么要见这个寇兹呢？"

"我要向他买他从我这里偷走的东西。还算值钱，大概价值一万五千块。我爱的男人送给我的。但他已经死了。对，他死了。他死在起火燃烧的飞机里。好，回去告诉我丈夫吧！你这下流的小鼠辈！"

"我不小，也不是老鼠。"我说。

"你还很下流。不用麻烦你告诉我丈夫，我自己会说。反正他恐怕也已经知道了。"

我咧嘴笑笑。"英明的决定。那我应该调查什么呢？"

她抓起杯子，喝完里面的酒，"原来他以为我和寇兹约会喽？哼，就算是，也不是为了谈情说爱。我才不会和司机，一个我从门口捡回来、赏给他工作的混混恋爱。如果我想玩，还不用这么饥不择食。"

"小姐，你确实没有。"

"好，我要走了，如果你敢拦我就试试看。"她掏出皮包里珠贝枪柄的手枪。我没有动。

"呸，你这可恶没用的小混混！"她怒吼着，"我怎么知道你到底是不是私家侦探呢？你可能是个恶棍。你给我的这张名片不能代表什么，谁都可以印发名片的。"

"当然。我觉得我在这里住了两年实在是明智的决定，我就等你今天光临寒舍，这样可以勒索你。因为你和一个叫寇兹的男人约会，而那家伙在街对面被以华多的名义干掉了。你用来买那价值一万五的东西的钱带来了吗?"

"喔!你以为你可以抢劫我喽?"

"喔!"我模仿她说,"这会儿我变成抢劫专家了?小姐,请你要么把枪收起来,要么把保险打开好吗?看着一把好枪这样被糟蹋,实在有伤我的职业感情。"

"你真是个讨厌的家伙。别挡我的路!"

我没动,她也没动。我们两人都坐着——并没有挨得很近。

"你走之前,告诉我一个秘密吧!"我请求道,"你在下面一层租公寓究竟为了什么?只是为了见街上的那个男人?"

"别傻了,"她怒声反驳,"我没租房子。我说了谎,那是他的公寓。"

"约瑟夫·寇兹的?"

她用力地点点头。

"我对华多的描述听起来像约瑟夫·寇兹吗?"

她又快速地点点头。

"好,终于搞清楚一件事了。你不知道华多挨枪之前,怎么形容你穿的衣服——这个描述传到了警察耳朵里——警察不知道华多是谁——现在正在找穿着那些衣服可以帮他们指认他的人。这样你懂了吗?"

枪开始在她手里颤抖。她低头看枪,神情有些茫然,然后缓缓地把枪收进皮包。

"我真傻,"她喃喃地说,"居然会和你搭话。"她盯着我良久,然后深抽一口气,"他告诉我他住在哪里。他好像什么都不怕,我猜勒索犯都是这样的嘴脸。他原来要在街上和我碰头,可是我迟到了。我到达时,到处都是警察。所以我又回到车上坐了一会儿。然后我就来到寇兹的公寓敲门,发现门锁着,于是又回到车上等候。我总共上来三次。最后一次我特意搭电梯多上了一层楼，因为我已经在三楼被人看到两次。后来我就遇见你了。就这样。"

"你刚才说起你丈夫，"我咕哝道，"他人在哪里？"

"他在开会。"

"嗯？开会。"我不怀好意地说。

"我丈夫是个有头有脸的人，有很多会要开。他是个水力发电工程师，到过世界各地。我得告诉你——"

"省省吧！我改天请他吃午饭，让他自己告诉我他的身世。不管你有什么把柄留在寇兹手上，现在都没价值了。跟死了的寇兹一样。"

"他真的死了？"她喃喃说，"真的？"

"他死了，死了，小姐，死得透透的。"

她终于相信了。我没想到她最终还是相信了。沉默中，电梯停在了我的这层楼。

我听到脚步声朝这边走廊靠近。我们都有不祥的预感，我把手指竖在嘴唇上示意她不要出声，她动也不动。她的表情凝固，大大的蓝眼睛像眼底的阴影一样乌黑。热风拍打着紧闭的窗户。不管热不热，吹起圣安娜风时，窗户都得关得死死的。

走廊传来的脚步声像一个男人随意走动的声音，但是在我的门前停了下来，接着是一阵敲门声。

我指指壁床后面的更衣间。她静悄悄地站起来，把皮包紧紧地夹在身侧。我又指指她的玻璃杯。她轻巧地拿起来，蹑脚走过地毯，穿过门，悄然把门拉上。

我不知道自己如此大费周章所为何来。

敲门声又响起来。我的手上全是汗。我压了一下椅子站起来，大声地打着哈欠，然后走过去开门——居然没有拿枪，那真是一个错误。

3

我起先没认出他来。也许华多没认出他来是因为不认识他。他在酒吧时,一直戴着帽子,而现在没戴。之前以为他的头发完全被帽子遮盖住了。现在才发现他是个秃头,帽子挡住的部分全是光亮干燥的白色头皮,好像疤痕一样触目惊心。他不仅看起来老了二十岁,而且像完全变了个人。

但我认出他手里拿的是点二二自动靶枪,前端有大大的准星。而且我认出了他的眼睛,明亮,脆弱,眼皮薄薄的,浅浅的,好似蜥蜴的眼睛。

他单独一人。他轻轻地把枪顶在我脸上,从齿缝里挤出几个字:"没错,是我。进去。"

我往后退了几步,然后停住,按照他的意思,好让他可以毫不费劲地关上门。我从他的眼睛里看出这是他的意思。

我并不害怕,只是动弹不得。

他关好门,又指挥我慢慢再往后退,直到有东西抵住我的腿。他的眼睛逼视着我的眼睛。

"一张牌桌,"他说,"谁在这里下棋。你自己吗?"

我咽了咽口水。"不算下棋,只是玩玩。"

"那表示有两个人。"他的声音有种粗哑的柔和,好像曾经被警察用皮棍打在喉结上似的。

"这是个待破的棋局,不是比赛。看看那些棋子。"

"我不懂。"

"我只有一个人。"我说。我的声音发抖得恰到好处。

"没什么差别。我反正豁出去了。不是明天就是下个礼拜,总归有人会找到我的。有什么区别呢?只是我不喜欢你的长相,老兄。还有那个脏脸娘娘腔的臭酒保,以前大概是福德汉姆什么队里的左前锋。你们这些家伙都见鬼去吧!"

我没说话也没动弹。大枪口轻轻扫着我的脸,几乎像抚摸似的。他脸上泛起了笑意。

"为了以防万一,这也是桩好差事。像我这样的老江湖是不会留下完整指纹的,不利于我的就只剩两位证人了。去你妈的!"

"华多对你做了什么?"我故意说得好像我想知道,其实只是不想刺激他。

"在密歇根抢银行,害我坐了四年牢。他自己倒脱身了。密歇根四年可不是乘坐夏日游船。他们能把你整治得乖乖的。"

"你怎么知道他会来酒吧?"我问。

"我不知道。喔,我四处找他,一直想要见他。前一天晚上我在街上看到他,可是没追上。之后我又开始找。华多,可爱的家伙。他怎么样了?"

"死了。"

"我的枪法还不错,"他咯咯笑起来,"酒醉也好,酒醒也好。嗯,那都不关痛痒了。警察在四处找我吗?"

我回答得不够快,他把枪戳进我的喉咙,我呛了一下,差点本能地去伸手抢枪。

"别这么干，"他轻轻地警告我，"不行，你还没那么笨。"

我缩回手，放在身体两旁，摊开手心，手掌朝向他。这正是他想要的。除了用枪，他没碰过我。他好像不在乎我有没有枪。他不会在乎的——如果他一心想要干掉我的话。

从街上跑回来后，他好像什么都不在乎，也许因为吹了热风招了邪。风像码头下的巨浪拍打着紧闭的窗户。

"他们找到指纹了，"我说，"只是不知道够不够完整。"

"够完整——不过没法电传。他们需要花上航空邮件往返华盛顿的时间才能查清楚。老兄，说说看我为什么来这里。"

"你听到我和年轻小伙子在酒吧里的谈话。我告诉了他我的名字还有我住的地方。"

"那是如何找到这儿，老兄。我问的是为什么。"他对我微微一笑。如果这是你生前最后看见的笑容，那真是糟透了。

"省省吧！"我说，"刽子手不会要你去猜他为什么在那里。"

"嘿，你够硬气。料理完你，我再去拜访那小子。我从总局一路跟踪他回家，不过我想应该先解决你。我开着华多租来的车子从市政厅跟到他家。老兄，从总局开始哦——那些可笑的条子。你就算坐在他们的大腿上，他们也认不出你来。成天开车招摇过市，乱开机关枪，杀掉两个路人——一个是在车子里睡觉的出租车司机，一个是在二楼擦地的清洁妇。结果跟丢了追缉的犯人。这些条子简直烂透了。"

他扭扭抵在我脖子上的枪管。眼神比先前更疯狂。

"我有的是时间，"他说，"华多租的车子一时半会儿不会有人报失，而且他们一时之间也搞不清楚华多是谁。我认识华多，很聪明利落的家伙。"

"如果你的枪不离开我的喉咙，"我说，"我就要吐了。"

他微笑着,把枪下移到我的心脏下方,"这样行吗?随时奉陪。"

我说话的声音一定比我想的还大声。壁床旁边更衣间的门露出一道缝隙,有一英寸宽,然后是四英寸。我看见一对眼睛,但没有盯着它们看。我紧紧盯着秃头的眼睛,目不转睛。我不想让他把目光从我身上移开。

"害怕了?"他轻声问。

我靠在他的枪上,开始发抖。我想他会乐意看到我发抖。女郎从门里走出来,手上还握着枪。我真替她难过极了。她可能想要去开门,或者尖叫。但不论怎么做,对我们两个人来说都是死路一条。

"嘿,别整晚唠叨个不停。"我嘀咕着,声音很遥远,宛如对街收音机传来的广播声。

"很好,我喜欢,老兄,"他微笑着,"我喜欢这调调儿。"

女郎仿若飘在空中,飘到他身后某处。没有什么比她移动的声音更轻的了,但是这仍没有什么用。他根本不会拿她当回事儿。我已经看透了这种人,虽然我只盯了他的眼睛五分钟。

"我要喊救命了。"我说。

"嘿,你要喊救命?尽管叫啊!"他带着杀手的笑容说。

她没有走向门边,她就站在他身后。

"嗯——我马上就喊人了。"我说。

那好像是一句暗号,她无声无息地把小枪用力戳进他短短的肋骨之间。

他好像膝跳反射般不得不做出反应。他嘴巴大张,两只手臂从两侧抬起,背部稍微躬了一下。枪指向我的右眼。

我身子往下一沉,膝盖使尽全力踢向他的要害。

他的下巴往下跌,我用力挥了一拳,那架势好像是要把最后一颗道钉钉进第一条州际铁道一样。我放松指关节后仍然可以感觉到余下的劲道。

他的枪扫过我的脸,但没有发射。他已经瘫软倒地,扭曲着,苟延残喘,左侧身体靠在地板上。我用力踢了他的右肩一脚——非常凶狠。枪从他手上滑落,滑到了椅子下的地毯上。我听到身后棋子散落在地上的声音。

女郎俯身看他,又抬起惊恐圆睁的大眼紧盯着我。

"这下我被征服了,"我说,"我的就是你的——从现在直到永远。"

她好像没听到我说的话。她的眼睛紧张地瞪着,露出了蓝眼珠下面的眼白。她拿着小枪,很快地退到门边,摸摸背后的门把,扭了一下。她把门拉开,溜了出去。

门关上了。

她没戴帽子,没穿开襟外套。

她只有一把枪,保险仍然扣着,她无法开枪。

那时尽管外面热风呼啸,房内已然一片沉寂。然后我听到他在地板上喘息,脸色发青。我走到他背后,搜他的身,看看是否还有其他的枪。但是没有找到。我从书桌里拿出一副手铐,把他的双手拉到前面,铐住他的手腕。只要他不拼命拉扯,还是可以维持一阵子的。

尽管痛苦难耐,他依然目露凶光,似乎想要把我送进坟墓。他依旧躺在地板中间,左侧着身体,扭曲、颓败、秃头,嘴唇上翘,牙齿镶着廉价的银色补牙料。他的嘴巴看起来像个黑洞,呼吸微弱,呛几下停住,又呛几下,气若游丝。

我走进更衣室,打开柜子抽屉。她的帽子和外套都躺在我的衬衫上面。我把它们放到抽屉后面,顺平上面的衬衫。然后我走到小厨房,倒了一杯纯威士忌喝下,又放下酒杯,站着聆听热风对着窗户玻璃咆哮。一扇车库门砰砰作响，一条电缆捶打着建筑物墙壁，声音就像有人在鞭打地毯。

那杯酒发生了效力。我走回客厅打开一扇窗户。地板上的家伙没闻出她的檀香味，但可能有人会闻出来。

我又把窗户关上，擦擦手掌，拿起电话拨给总局。

柯白尼还在那里，他自以为聪明地说："谁？马洛？别说。我敢打赌你又在打什么主意。"

"找到杀手了吗？"

"马洛，我们不说非常抱歉之类的话。你知道的。"

"好吧！我不在乎他是谁。只要快来把他从我家地板上弄走就好！"

"皇天在上！"他的声音忽然变得很低沉，"等一下，等一下。"我好像远远地听到关门声，然后电话里又传来他的声音，"开枪了？"他轻声说。

"被铐着呢。都是你的了。我踢了他两下，不过他没事。他来这里是想杀人灭口。"

又是一阵沉寂，接着他用抹了蜜一般的声音甜甜地说："听着，好家伙，你那里还有谁？"

"还有谁？谁都没有，只有我！"

"保持原状，老兄。别声张，好吗？"

"你以为我想请附近所有的混混来看风景吗？"

"别生气，老兄。别生气。好好坐着别动。我马上就到，什么都别碰，知道吗？"

"知道了。"我又告诉了他一遍住址和公寓号码，替他节省时间。

我可以想见他皮包骨的大脸一定神采飞扬。我把椅子下的点二二靶枪拿出来,握着枪坐下,直到脚步声敲打门外的走廊。接着门上响起指关节轻轻的敲门声。

柯白尼独自一人前来。他迅速挡住门口,把我推回房间,笑容不自然地关上门。他背对着门站着,一只手放在外套左侧的口袋里。他身材高大,强悍瘦削,眼神残酷无情。

他缓缓地垂下眼睛,看着地板上的人。那人的脖子稍微扭了一下,眼珠拼命转动想看清来人——那是一双病态的眼睛。

"确定是这个家伙?"柯白尼的声音粗哑。

"确定无误。伊巴拉呢?"

"喔,他很忙。"他说这话时,没看着我,"那是你的手铐?"

"对。"

"钥匙呢?"

我把钥匙丢给他。他敏捷地弯下一个膝盖,蹲在杀手旁边,把手铐解开,丢在一旁。然后从屁股后面拿出自己的,把秃子的手扳到后面,咔嚓一声铐上了。

"好,你这混蛋。"杀手冷冷地说。

柯白尼笑笑,握紧拳头,一拳干净利落地打在戴手铐的人嘴上。他的头往后翻仰,脖子差点断掉,鲜血从嘴角滴下来。

"拿条毛巾来。"柯白尼命令说。

我拿了一条擦手毛巾递给他。他把毛巾恶毒地塞在戴手铐的家伙牙齿之间,站起来,瘦骨嶙峋的手指梳着乱糟糟的金发。

"好了,说吧!"

我把整件事说了一遍——完全跳过了那女孩儿的部分,所以听起来有些奇怪。柯白尼看着我,什么也没说。他搓搓青筋毕露的鼻翼,然后拿出梳子打理头发,就像那天晚上在酒吧里所做的一样。

我走过去，把枪交给他。他不在意地看了一眼，把枪丢进口袋。他的眼神里藏着某种东西，脸上露出严厉而得意的笑容。

我弯下腰，开始把棋子捡起来放在盒子里，然后把盒子放在壁炉架上，把牌桌的弯腿弄直，东摸西摸了一番。柯白尼从头到尾看着我。我想让他自己发现有什么不对劲的地方。

他终于发现了。"这家伙使用点二二枪，因为他枪法很好，本事很大。他敲开你的门，拿把枪戳着你的肚子，把你推回房间，声称他是来杀你灭口的——可是你却撂倒了他。你没有枪，赤手空拳独自收拾了他。老兄，你的本事也真不小。"

"听着，"我低头说，又捡起一枚棋子，拿在手指间把玩，"我正在破解一个棋局，必须尽量排开一切杂念。"

"老兄，你心里有事，"柯白尼轻声说，"你不会想瞒骗一个老警察吧？"

"我把他交给你已是一桩不小的功劳，你他妈还想怎么样？"

地板上那家伙塞着毛巾的嘴里吐出模糊的声音，脑袋上渗着汗水，泛着亮光。

"怎么？老兄。你在打什么算盘？"柯白尼的声音几近耳语。

我很快看他一眼，又把目光移开，"好吧！你很清楚我没办法单独拿下他。当时他拿枪对着我，而且他眼睛看哪里就射哪里。"

柯白尼闭上一只眼睛，另一只亲切地对我眨了一眨。"说吧！老兄。我猜也是如此。"

我又假意推脱了一下，以便把故事编得更圆些，"有一个少年在这里，他在波尔区干了一件案子，抢劫案，没有成功。抢了一家加油站。我认识他家人，他其实并不坏。他来这里跟我要火车票钱。敲门声响起时，他溜进了里面——那里。"

我指着壁床和旁边的门。柯白尼的头缓缓地转过去，又缓缓地转回来。他的眼睛又眨了眨。

"这小孩有枪。"他说。

我点点头，"少年溜到他后面。柯白尼，那可需要胆量。你必须放那孩子一马，不要把他牵扯进来。"

"这小子被通缉了吗？"柯白尼温和地问。

"他说还没有。不过恐怕很快就会了。"

柯白尼笑了笑。"我是刑事组的人，我不知道——也不在意。"

我指指地板上被塞嘴、铐住的家伙。"是你拿下他的，不是吗？"我轻声说。

柯白尼继续微笑，吐出泛白的大舌头舔着厚厚的下唇，"我怎么办到的呢？"他喃喃说。

"取出华多的子弹了吗？"

"取出来了。长长的点二二的子弹。一颗击碎了肋骨，一颗保存完整。"

"你是个谨慎的家伙，连犄角旮旯都不放过。你并不十分了解我，所以来我这儿看看我用的什么枪。"

柯白尼站起来，又弯下一条腿，蹲在杀手旁边。"好家伙，你听得到我说话吗？"他的脸紧挨着地上的家伙的脸。

那人模糊不清地咕哝了几句。柯白尼站起来打了个呵欠，"谁他妈在乎他说了什么？老兄，继续说下去。"

"你不指望在我这里找到什么，可还是想四处看看。当你在这里察看时——"我指着更衣室的门"——我什么也不肯说，可能还有些恼火。这个时候响起敲门声，他进来了。过了一会儿，你悄悄地走出来拿下了他。"

"啊!"柯白尼咧着大嘴微笑,牙齿多得跟马一样,"说对了。我揍了他,把他踢倒在地,最后拿下了他。你没有枪,这家伙突然朝我转身,我的左勾拳把他打得满地找牙。行吗?"

"行!"

"你就这样告诉局里?"

"是的。"

"老兄,我会保护你的。你对我够意思,我就对你仁义。别担心那孩子,如果他需要帮忙,就说一声。"

他走过来伸出手,我握了握。他的手跟死鱼一样黏糊糊的。这双手和它们的主人一样叫我倒胃口。

"还有一件事,"我说,"你的那个搭档——伊巴拉。你没带他一起来办这件事,他不会不高兴吗?"

柯白尼甩甩头发,拿着一条发黄的丝手帕擦着帽圈。

"那只小老鼠?"他哼了一声,"去他妈的!"他靠近我,对着我的脸吐气,"老兄,我们的故事别说错!"

他的口气很臭,正如我所料。

4

柯白尼诉说前后因果时，刑事组组长办公室里只有我们五个人：一个速记员、组长、柯白尼、我和伊巴拉。伊巴拉坐在一张斜靠在墙边的椅子上，帽子低垂，盖住眼睛，但仍然可见柔和的目光，棱角分明的拉丁风格嘴角边挂着安静的浅笑。他没直视柯白尼，柯白尼也根本没看他。

柯白尼和我在走廊上握手，有人给我们拍照，柯白尼的帽子戴得端端正正，手握着枪，脸上的表情庄严又意味深长。

他们声称已经知道华多是谁，但不能告诉我。我不相信他们能查出来，因为刑事组组长的桌上有一张华多在陈尸间的照片。他被收拾得干干净净，头发梳得整齐，领带打得整齐，灯光打在他的脸上，让他的眼睛闪着光芒。没人看得出这是心脏中两枪的死人。他看起来像舞厅的浪子，正在思量要选择金发还是红发的女郎。

我回家时大约已经午夜。公寓大门已经锁上，我正摸索钥匙时，一个低沉的声音在黑暗中对我说话。

它只说了："拜托！"但我听出来了。我转过身，看见一辆深色的凯迪拉克双门跑车停在卸货区旁边。车子没有亮灯，街上的光线轻柔抚摸着一个女人明亮的眸子。

我走过去。"你真是笨蛋！"我说。

她说:"上车。"

我爬进去,她启动车子,沿着富兰克林开了一个半街区,转入金斯利大道。热风依然焚烧咆哮。一间公寓的窗户传出广播声。这里到处都停满了车,不过她还是找到了一处停车位,就在一辆崭新的帕卡德小敞篷车后面。车子的挡风玻璃上贴着经销商的贴纸。我们停靠在街边,她往后靠在座位上,戴着手套的双手搁在方向盘上。

她现在一袭黑衣(或者深褐色),戴着一顶可笑的小帽。我闻到她身上的檀香味。

"我对你不太客气,是不是?"她说。

"你救了我的命。"

"后来呢?"

"我打电话给警察,对一个我不喜欢的警察撒了几个谎,让他捞到了所有抓人的功劳,就是这样。你把我从他手里救出来的家伙就是杀害华多的人。"

"你是说——你没有对警察说起我?"

"小姐,"我又说了一遍,"你所做的就是救了我一命。你还要我说什么?我真心诚意准备随时为你效劳,而且,我会赴汤蹈火。"

她沉默不语,一动也不动。

"我不会告诉任何人你是谁。巧的是我自己也不知道你是谁。"

"我是法兰克·巴撒利太太,住在奥林匹亚的福莱曼街二一二号。电话二四五九六。你想知道的是这些吗?"

"谢了,"我咕哝着,左手手指滚动着一根未点燃的香烟,"你为什么回来?"然后我左手打着响指,"你的帽子和外套,我上楼去拿。"

"不只为了这个,我想要我的珍珠。"

我几乎要跳起来。没有珍珠的这一切已经够热闹了。

一辆车从旁边飞驰而过,比规定速度快了两倍。烟尘滚滚,在街灯下扬起,打转,继而消失了。女郎迅速把窗户摇起来防止尘土袭来。

"好,跟我说说珍珠的事吧!我们现在有一桩凶杀案、一位神秘女子、一个疯狂杀手、一件美人相助的事迹、一个刑警被引诱写假报告。这会儿又加上珍珠。好极了,说给我听吧!"

"我本来要花五千块买的。向你称为华多,我叫他寇兹的家伙买。珍珠应该在他那里。"

"没有珍珠。我看到了从他口袋里掏出来的东西,有很多钱,可是没有珍珠。"

"可能藏在他的公寓里吗?"

"有可能。就我所知,除了他的口袋以外,珍珠可能藏在加州的任何角落。这么热的夜晚,巴撒利先生可好?"

"他还在城里开会,否则我也来不了。"

"喔,你可以带他一起来的,他可以坐在后座上。"

"哦,那我可不知道了。法兰克重两百磅,相当结实。马洛先生,我想他不愿意坐在后座上。"

"我们到底在谈些什么鸟事?"

她没回答。戴手套的手轻轻地、焦躁地拍着细瘦的方向盘。我把没点燃的香烟丢到窗外,微微转过身,一把抱住她。

等我松开手时,她尽可能地远离我,靠向车的另一边,用手背蹭着嘴唇。我一动不动地坐着。

我们好一阵子没说话。然后她慢慢开始搭话:"是我引诱你这么做的,但我不是经常如此。自从史丹·菲利普斯飞机失事后,我就变了。如果他没死,我现在就是菲利普斯太太了。那些珍珠是史丹送我的。他有一次告诉我它们价值一万五千块。白珍珠,四十一颗,最大的半径大约三分之一英寸。我不知道成色多好，从来没有找人估过价，也没拿给珠宝店看过，所以我不知道是不是值这个价。不过因为史丹的关系，我很珍惜它们。我爱史丹，一辈子只有一次的那种。你懂吗？"

"你叫什么名字？"我问。

"萝拉。"

"说下去吧！萝拉。"我从口袋里拿出另外一支香烟，在手指间玩弄，给自己一点事做。

"珍珠项链有个简单的银质搭扣，形状呈两片螺旋桨，扣接的地方有颗小钻石。我告诉法兰克那是我自己从商店买的假珍珠。他反正也不知道其中的差别，我敢说要鉴定真伪也不太容易。你知道法兰克很容易吃醋。"

她在黑暗中向我靠近，我们肩并肩挨着，不过这次我没有行动。狂风怒吼，树影招摇。我不断在手指间滚动香烟。

"我猜你读过那篇关于妻子有真珍珠，却告诉丈夫珍珠是假的的故事。"

"读过，毛姆的。"

"我雇用了寇兹，那时我丈夫在阿根廷，我相当寂寞。"

"你——寂寞情有可原。"

"我和寇兹常常开车去兜风，有时候一起喝一两杯，仅此而已。我不随便乱来——"

"你跟他说过珍珠的事。等你那个两百磅的大块头丈夫从阿根廷回来把他扫地出门后——他顺手偷了珍珠，因为他知道那是真的。然后要你拿五千块赎回来？"

"没错。"她简单地说，"我当然不想报警。这种情况下，寇兹不怕我知道他的住址。"

"可怜的华多,我有点替他难过。意外碰上找自己算账的仇人实在是倒霉透了。"

我把火柴在鞋跟上一擦,点燃香烟。烟草因为热风干燥无比,燃烧起来像干草似的。女郎安静地坐在我身旁,双手又放在方向盘上。

"去他娘的——这些飞行员。你还爱着他,或者你以为还爱着他。你把珍珠放在哪里了?"

"放在化妆台上俄国孔雀石的珠宝盒里,里面还有一些衣服配饰。如果我想戴的话,必须放那儿。"

"可是它们价值一万五千块钱。你认为寇兹可能藏在了他的公寓里?三十一号房,对吗?"

"是的。我想这个要求有点儿过分。"

我打开车门,出了车子,"我已经得了好处。我去看看。这栋公寓的房门不难搞定。一旦警察刊出他的照片,很快就会发现他住在哪里,不过今天晚上还不至于。"

"你真是太好了。我在这里等你吗?"

我一脚踩在踏板上,探进身子,看着她,没有回答她的问题。我只是站着欣赏她眼底的光辉,然后关上车门,朝富兰克林大道走去。

即使狂风肆虐,抽打着我的脸,我依然可以闻到她发梢的檀香,感觉到她柔软的唇。

我打开柏格蓝的大门,穿过寂静的大厅到达电梯,上到三楼。然后我蹑脚走过寂静的长廊,从三十一号的窗台看进去,里面没有灯光。我轻轻地敲敲门——门上印着老旧的带着神秘刺青的私酒贩子,笑容可掬,裤子口袋特别深。没有回应。我从皮夹里取出放驾照的赛璐珞胶片,插进锁和门柱之间,用力靠在门把上,往里面一推。胶片扣住弹簧锁的斜角,把锁轻轻弹开了,发出类似于冰块碎裂的声音——门投降了。我走进几近黑暗的房间里。街灯的光透进来，星星点点打在四处。

我把门关上，打开灯，只是站在那里。空气里有股奇特的气味。我隔了一会儿才分辨出来——深薰过的烟草味。我悄悄走到窗户边的立式烟灰缸旁，低头看到四个褐色烟蒂——产自墨西哥或南美洲的香烟。

头顶上方，我的公寓那一层，有人踩着地毯，走进浴室，接着是马桶冲水声。我走进三十一号公寓的浴室。除了一点垃圾，什么也没有，没有地方可以藏东西。厨房空间稍大一些，但我只搜了一半。我知道这个公寓里没有珍珠，我还知道华多当时正要出酒吧，那么匆忙，肯定有事情催促着他。没想到转身时，被老朋友喂了两颗子弹。

我走回客厅，晃动壁床，透过镜子，往更衣室看，打量着里面的物件。当我把床往下拉时，目标已经不是珍珠了。我看到了一个人。

这是个矮小的中年人，鬓角的头发呈铁灰色，皮肤黝黑，穿一身浅黄褐色西装，打着酒红色领带。整洁的褐色小手在身体两侧无力地耷拉着。小脚穿着擦得锃亮的尖头鞋，几乎完全垂向地板。

他的脖子用皮带吊在床头的铁架上，舌头吐出的长度超乎我的想象。

他晃动了一下，我不喜欢那样，所以我把床重新合上，他安静地窝在两个拥挤的枕头之间。我没碰他。我不需要碰他就知道他像冰块一样冷。

我绕过他，走进更衣室，用手帕包住抽屉把手。这地方除了男人独居该有的小垃圾外，被腾得干干净净。

走出更衣室，我开始搜这具尸体。没有皮夹，可能被华多拿走丢掉了。兜里有个香烟扁盒，里面还有半盒烟，上面烫着金字："路易·塔皮亚，蒙特维迪亚，派桑杜街十九号。"火柴来自史佩嘉俱乐部。腋下的枪袋是深色粗纹皮做的,里面放了一把九毫米的毛瑟。

毛瑟说明他是个职业杀手,所以我没太难过。但他算不上高手,否则不会被赤手空拳了结性命。毛瑟还插在枪袋里动也没动。那种枪本可以打穿墙壁。

我理出了一点头绪,但事情还不是很清晰。有人抽了四根褐色香烟,表明此人要么在这儿等候,要么讨论事情。华多顺势掐住小个儿的脖子,手法利落,几秒之间就弄昏了他。毛瑟对他的用途比不上一根牙签。然后华多用皮带把他吊起来,当时他可能已经死了。华多匆匆忙忙离开公寓,没来得及清理房间。因为他急着要见那个女人,这也可以说明他为什么不锁门就把车子留在酒吧外面。

如果确实是华多杀了他,那么这些事情就能成立,当然这里得真的是华多的公寓才行——如果没有人捉弄我的话。

我又搜了搜小个子的其他口袋。裤子左边的一个兜里有一把金色铅笔刀,一些银币。左边臀部口袋有一条手帕,折叠整齐,喷了香水。右边臀部口袋开着,什么也没有。右边腿上的口袋有四五张纸巾,真是干净的家伙。他不喜欢用手帕擦鼻涕。这些纸巾下面有一个小的新钥匙盒,里面有四把新钥匙——车钥匙。上面烫了金字:R.K.沃格山公司赠,"帕卡德之家"。

我把所有找出来的东西依原样放回去,把床收起来。然后用手帕擦遍所有的把手,以及凸出的或平滑的地方,关掉电灯,开门探出脑袋,走廊空空如也。我走到街上,绕过金斯利大道。凯迪拉克还在那里。

我打开车门倚靠着。她好像也没有挪动。我很难看清楚她脸上的表情,除了眼睛下巴,还有那挥之不去的檀香。

"这香水味连教堂执事都会着迷……没找到珍珠。"

"嗯,谢谢你的努力。"她的声音低沉,柔软,有些发抖,"我想我能够接受这个事实。我应该……我们……还是……"

"你回家吧！不管发生什么，就说你从来没见过我。不管发生什么，就像你可能再也不会见到我一样。"

"我讨厌那样。"

"祝你好运，萝拉。"我关上车门，往后退了一步。

车灯亮了，引擎轰隆。逆着风，两门大车在角落处高傲缓慢地转弯，扬长而去。我呆立在车子刚才停靠的街边空地上。

天色已晚。传出收音机声的窗户现在也寂静无声了。我站着看帕卡德敞篷车的后部，这车看起来很新。我之前在哪里见过——在我上楼之前，在同一个地方，就在萝拉的车子前面。车停着，没有亮灯，没有声响，闪亮的挡风玻璃右下角贴着蓝色标签。

而我脑子里浮现的是其他东西，是印着"帕卡德之家"钥匙盒里一套崭新的钥匙——刚才在楼上死人的口袋里找到的。

我走到敞篷车前面，拿出小手电筒照着蓝色贴纸，果然跟钥匙套上是同一家经销商，下面写着一个名字还有住址——尤金·科尔契克，西洛杉矶区，阿维达街五三一五号。

这简直太疯狂了。我又回到三十一号，照刚才的方法撬开门。走到壁床后面，从悬挂着的整齐的褐色尸体的裤袋里掏出钥匙盒。五分钟后，我走回街上的敞篷车旁。钥匙匹配。

5

这是一栋小房子,靠近索特尔后面的峡谷边缘,前面围了一圈随风摇摆的桉树。在街道另一边,有一户人家正在进行狂欢宴会,那种宴会往往曲终人散后,宾客会疯狂地在人行道上摔瓶子,好像耶鲁足球队打败了普林斯顿似的。

我找的房子围着一道铁丝篱笆和一些玫瑰树,有一条石板走道。四敞大开的车库里面没有车子。屋子前面也没有停车。我按了门铃,等了很久,门忽然打开了。

可以从她眼影闪烁的眼睛里看出我不是她期盼的那个人。其余的我就什么也看不出来了。她只是站在那里看着我,眼前这个修长、匀称、性感、浅黑肤色的女郎,脸颊上涂了胭脂,浓密的黑发从中间分开,一张嘴可以做成三层三明治。她穿着珊瑚色衬金的睡衣,脚蹬凉鞋——涂成金色的脚趾甲。耳垂上挂着两个迷你小钟,在微风中叮当作响。她缓慢而鄙夷地挥了挥手上像球棒一样长的烟斗。

"喔——什么事,小哥儿?你想要什么?你大概是从对面美丽的派对迷路到这里来的吧。"

"哈哈!可不是精彩的派对吗?不过我不是,我只是把你的车子开回来。你不是丢了车吗?"

对街的前院里有人在发酒疯,混乱的四重奏把剩余的夜晚撕裂成碎片,还尽其所能地折磨这些碎片。这一切发生时,异国风情的黑发女子只眨了一下眼。

她说不上美丽,也谈不上漂亮,但看起来似乎只要她在的地方就会有热闹。

"你刚才说什么?"她终于吐出宛如吐司烧焦一样的清脆的声音。

"你的车。"我指着背后,眼睛盯着她。她是那种会动刀的类型。

长烟斗缓慢地滑落到她身旁,里面的香烟掉了出来。我把香烟踩熄,进了玄关走廊。她退开几步,我关上了门。

走廊看起来像火车车厢一样长。灯罩在铁架上散发着粉红光芒。走廊尽头有一帷珠帘,地板上铺着一块虎皮。这地方和她很相配。

"你是科尔契克小姐吗?"我问道,没做其他动作。

"是的。我是科尔契克小姐。你想干吗?"

她看着我,似乎我是来洗窗子的,只是不凑巧来错时间了。

我左手拿出一张名片递给她,她偏头看了一眼,"侦探?"她吸了一口气。

"是的。"

她叽里呱啦说了一些话,然后用英文说:"进来!这该死的风把人的皮肤吹得像卫生纸一样干。"

"我们已经进来了。我刚刚关的门。省省吧!小姐。那位小个儿是谁?"

珠帘后有男人的咳嗽声。她像被挖蚝刀戳到一样跳起来,她想挤出个笑容,但没成功。

"要报酬。你等一下。十块钱够吗?"

"不够。"

我伸出一根手指指着她,又加了一句,"他死了。"

她大概跳了有三英尺高,外加一声尖叫。

一张椅子刮过地板,发出刺耳的声音。珠帘后传出脚步声,一只大手拨开帘子。一个金发强悍的大个子立时出现在我们面前。他的睡衣外罩着紫袍,右手插在口袋里握着什么东西。他一走出帘子就像座山似的站着,双脚稳稳地立在地上,下巴突出,黯淡的眼睛宛如灰色的冰。他看起来像个在交锋时很难被击倒的橄榄球球手。

"甜心,怎么了?"他的声音严肃而刺耳,音调和那种会为擦金色脚趾甲油的女人倾心的男人很相配。

"我来还科尔契克小姐的车子。"我说。

"喔,你至少可以把帽子脱下来,轻装上阵嘛。"

我把帽子摘下道了歉。

"没事,"他的右手仍紧紧插在紫袍子里,"原来你是来还科尔契克小姐的车。到底怎么回事?"

我从女人身边挤了过去,走近他。她退缩到墙边,双掌撑着墙,俨然中学演出戏剧里的茶花女。空空的长烟斗躺在她的脚边。

我离大个儿六英尺远时,他轻松地说:"我在这里听得见你说话,放松点儿。我的口袋里有枪,我还没学会怎么用。好,那部车怎么了?"

"借车的人没办法把车开回来。"我把仍然拿在手上的名片推到他面前。他勉强瞟了一眼,眼睛转回到我身上。

"所以呢?"

"你向来都这么凶悍吗?还是只有穿睡衣时才这样?"

"他为什么不能自己把车送回来?还有——少说没用的废话。"

黑发妞在我身旁发出了一个含糊的声音。

"甜心,没事儿。我会处理,去吧!"

她从我们两个人之间溜过，躲到珠帘后面。

我静观其变。大个儿也纹丝不动，他像只晒日光浴的癞蛤蟆似的对一切无所谓。

"他没法来，因为有人把他杀了。你怎么处理这事呢！"

"是吗？那你要把他带来向我证实啰！"

"我没带，但如果你现在戴上领带和帽子，我就带你去看看。"

"你他妈刚刚说你是什么人来着？"

"我没说。我以为你识字。"我又把名片递到他眼前。

"嗨，原来如此。菲利普·马洛，私家侦探。好，好。这么说我应该跟你去看谁呢？为什么？"

"也许是他偷了车。"

大个儿点点头，"那倒是个主意。也许是他偷了。他是谁？"

"皮肤黑黑的小个子，口袋里有车钥匙，车子停在柏格蓝公寓的转角处。"

他想了想，脸上没有什么明显的不自然的神色。"你手上有些把柄，但不会多。我猜今晚一定是警察在放烟幕弹。你替他们卖命干活？"

"啊？"

"名片上说你是私家侦探。外面是不是有警察，不太好意思进来？"

"没有。只有我一个人。"

他咧嘴笑笑，露出一排白白的牙齿。"你发现有人翘辫子，于是拿走他的钥匙，找到车子，一路开到这里——前前后后都只有你一个人，没有警察。我说对了吗？"

"没错。"

他叹了口气，"我们进来说吧！"他把珠帘往旁边撩起，好让我进去，"也许你有什么可以让我参考的想法？"

我经过他身旁,他转过身,揣着手枪的沉重口袋仍然朝向我。我先前没注意,靠近他时,才发现他脸上的汗珠。可能是热风的关系,但我想不尽然。

我们走进屋子的客厅。

大家坐下来,在黑色地板两端互相打量。地板上铺着几块纳瓦霍地毯和几块深色土耳其地毯,与一些年头已久、加了太多软垫的家具一起装饰着客厅。客厅里还有壁炉,一架小型钢琴,一座仿古屏风,一个带着高高的柚木底座的中式灯罩,金色纱帘倚着雕花窗户。向南的窗户开启着。纱窗外树干被漆成白色的果树在风中怒吼,为对街传出的噪音增添了声势。

大个儿轻松地靠在提花椅背上,穿着拖鞋的双脚架在脚凳上。打从我见他起,他的右手就一直揣在兜里——握着枪。

黑女郎在阴影中徘徊,我听到酒瓶撞得咯咯发响,以及她的铃铛耳环发出的清脆声音。

"甜心,没事儿,"男人说,"事情都在掌握之中。有人把某人杀了,这年轻人认为我们会对此有兴趣。坐下来,别紧张。"

女郎一仰头,把半杯威士忌灌下喉咙。她舒了口气说:"该死的。"语气满不在乎。她蜷缩在长沙发上,占满整张沙发。她的腿很长。涂金的脚趾从阴暗的角落里对我眨眼,然后她安静下来。

我拿出一根香烟点燃,并没有为此挨枪子儿,于是开始说故事。我说的不全然是实情,但有些是真的。我告诉他们我住在柏格蓝公寓,华多住在我楼下的三十一号房,因为职务上的关系,我一直暗中注意他。

"华多怎么了?"金发男人插嘴道,"什么职务关系?"

"先生,"我说,"你没有秘密吗?"他有些脸红。

我告诉他柏格蓝公寓对面鸡尾酒吧内发生的事情。我没提及印花开襟外套和穿着那件衣服的女郎。我把她完全剔除在故事之外。

"从我的角度来看,这是件不能张扬的差事。你了解我的意思吧!"他的脸又涨红了,咬紧牙关。我继续说:"我在市政厅时,没有告诉任何人我认识华多。我看准时机,就在他们查不出华多住处的那晚,擅自搜了他的公寓。"

"你要找什么?"大个儿阴沉地问。

"一些信。可是那里什么都没有,只有一个死人。他是被掐死的,然后用皮带吊在壁床的床头上——不容易被发现。一个小个儿,大约四十五岁,墨西哥人或南美人,衣着讲究,淡褐色的——"

"够了,"大个儿说,"我会咬人的,马洛。你干的是勒索的勾当吗?"

"对。可笑的是这个黑黑的小家伙腋下还有把亮晶晶的枪。"

"当然,他口袋里总不会有二十张五百块的钞票吧?你说呢?"

"没有。但是华多在酒吧被杀时,口袋里有七百多块的现钞。"

"看来我低估了这位华多,"大个儿冷静地说,"他杀了我的人,拿走了他的酬金,还有枪什么的。华多有枪吗?"

"不在身上。"

"甜心,给我们倒杯酒吧!"大个儿说,"没错,我的确是太低估这个叫华多的小子了,他可不像打折的衬衫那么不值钱。"

黑发女郎伸直美腿,用苏打水和冰调了两杯酒。她自己倒了一杯不加勾兑的酒,又回到沙发缩成一团,闪闪发光的乌黑大眼睛严肃地看着我。

"好吧!我们把话说清楚。"大个儿拿起酒杯致意,"我没谋杀任何人,但从现在开始,我手上会有一桩离婚官司。照你说的,你也没有谋杀任何人,但是你在警察总局扔了颗炸弹。真是见鬼!不管你怎么看,人生已经够麻烦了,但是好歹我还有个甜心美人在这里。她是我在上海认识的白俄罗斯人①。她危险得像把刀,看上去可以为五分钱割断你的喉咙。我就是喜欢她这点。你不用冒风险,就可以欣赏她的美。"

"满嘴胡说八道。"女郎啐了他一口。

大个儿没理会她,"就一个探子而言,你看起来不算坏。可有脱身的办法?"

"有,但要花点小钱。"

"我料到了。要多少?"

"比如再要个五百吧!"

"天杀的,这场热风吹得我像爱情的灰烬一样干燥。"俄国女人苦涩地说。

"五百块可以,"金发的家伙说,"我能得到什么好处?"

"如果我摆平了——你就不会被卷进来。如果没摆平——不用付钱。"

他想了想,脸上浮现出皱纹,满面倦容,细密的汗珠在短短的金发上闪烁。

"这桩谋杀案会逼你开口的,"他咕哝说,"我说的是第二桩。我还没拿到我想要买的东西。如果可以平息此事,我宁愿直接付钱买。"

"这个小黑个儿是什么人?"我问。

"一个叫作利昂·瓦伦萨洛的乌拉圭人。他是我的另一项进口品。我的生意需要我在世界各地跑。他在鱼龙混杂的史佩嘉俱乐部做

---

① 文中的科尔契克小姐虽为白种人,但其肤色和发色均属于浅黑型。

事——你知道那一带,就在比弗利山旁边的日落大道。我想,他应该是管轮盘的。我给了他五百块去办这事——搞定华多——换回一些我替科尔契克小姐买东西的账单,然后送来这里。很不明智,对吗?我把那些账单都放在公文包里,这个华多找机会偷走了。你觉得到底发生了什么事?"

我啜了一口酒,仰起下巴看着他,"你的乌拉圭朋友可能口气太直接,华多听不顺耳。然后小个儿可能认为那把毛瑟有助于争辩——只是华多动作太快了。我倒不会说华多是个杀手——起码不是蓄意谋杀——最多是个勒索犯。也许当时他脾气失控,也许他只是把小个儿的脖子掐太久了,然后不得不逃命。可是他还有约会,还有更多钱可以收。所以他来到酒吧找人,意外地碰见一个敌意很深、酒精上脑的家伙,把他干掉了。"

"这整桩事情太多古怪的巧合了。"

"都是热风搞得,"我笑笑,"今天晚上每个人都乱七八糟。"

"五百块,你保证没事?如果我脱不了身,你就拿不了钱。是这样吗?"

"是这样。"我笑着对他说。

"乱七八糟,一点儿不错。"他说着,一口喝完酒,"我相信你。"

"只是还有两件事情,"我轻声说,坐在椅子上,身子往前倾,"华多逃命的车子停在他被杀的酒吧外面,门没上锁,引擎没熄火。最后让杀手给开走了。如果要这么想的话,华多的东西一定都在那部车子里。"

"包括我的账单和你的信。"

"对。但警方对这类事情一向很讲理——除非你有宣传的价值。如果没有,我可以说服城里的一些老狗睁一只眼闭一只眼。如果你有宣传价值——这正是第二件事。你说你叫什么名字来着?"

过了很久,他才回话。听到答案时,我比想象中镇定多了。刹那之间,这一切都变得合乎逻辑了。

"法兰克·巴撒利。"他说。

过了一会儿,白俄女郎替我叫了一部出租车。我离开时,对街的派对正在进行所有派对都会做的事。我注意到派对那栋房子的墙还没坍塌,看起来有些可惜。

6

我打开柏格蓝的玻璃大门时,闻到了警察的味道。我看看手表,已经快凌晨三点了。大厅阴暗的角落里有个人坐在椅子上打盹,报纸遮住了脸,大脚往前伸直。报纸的一角掀开一英寸又落下。那人没有其他动静。

我穿过走廊来到电梯,直接上楼。我蹑足走过长廊,打开锁,推开门,伸手按电灯开关。

细链开关丁零一响,安乐椅旁的落地灯骤然亮起。我的棋子仍然散落在后面的牌桌上。

柯白尼坐在那里,脸上挂着僵硬而讨人厌的笑容。又矮又黑的男人——伊巴拉坐在他的对面,就在我的左边。他沉静不语,跟平常一样似笑非笑。

柯白尼露出一排黄色大牙齿,说:"嗨,好久不见。出去泡妞了?"

我关上门,摘下帽子,缓缓地擦拭颈背,擦了一遍又一遍。柯白尼继续露齿微笑,伊巴拉温柔的黑眼睛似乎并没有看着什么东西。

"坐下吧,老兄。"老尼慢吞吞地说,"这儿可是你的家。我们有话要谈。哎,真讨厌这种晚上办案。你知道你的酒快喝光了吗?"

"我猜也是。"我说着,靠在墙上。

柯白尼继续皮笑肉不笑地说:"我向来讨厌私家侦探,不过一直没有机会像今天晚上这样可以收拾一个。"

他懒洋洋地伸手到椅子旁,捡起一件印花开襟外套,丢到牌桌上,又伸手拿出一顶宽边帽放在旁边。

"我打赌你穿上这些看起来一定更他妈的可爱。"他说。

我拿起直背椅,转过来,两腿叉开坐下,手臂交叉靠在椅背上,看着柯白尼。

他缓缓地站起来——刻意地放慢动作,走过房间,站在我面前,理了理外套。然后举起右手,叉开手掌,一巴掌拍在我的脸上——狠狠的一掌。我的脸一阵热辣,可是我没有反抗。

伊巴拉看看墙,看看地板,视若无睹。

"老兄,你真丢脸,"柯白尼懒懒地说,"这种昂贵的好货色,你竟然藏在你的旧衬衫下面。你们这些混蛋探子总是叫我反胃。"

他俯身看了我一会儿。我没动也没说话,直视着他呆滞的醉眼。他攥紧了拳头,然后耸耸肩,转过身回到座位上。

"好,"他说,"其他的就算了。你从哪里得到这些东西的?"

"是一位小姐的。"

"说清楚点。小姐的?你这个不知天高地厚的杂种!我来告诉你这些属于什么样的小姐!就是一个叫华多的家伙在对街酒吧要找的那位小姐——两分钟之后他就被人杀死了!你他妈的忘记了不成?"

我什么也没说。

"你自己对她也很好奇,"柯白尼继续冷笑着,"不过你很聪明。老兄,你骗了我。"

"那不代表我很聪明,"我说。

他的脸突然扭曲,准备站起来。伊巴拉突然笑了,轻轻地,几乎比呼吸声还小。柯白尼的目光转向他,盯了一会儿。然后又回头看我,眼神平静。

"这个黑仔喜欢你,认为你很行。"他说。

伊巴拉的笑容消失了,他重新变成冰块脸,根本没有一点儿表情。

柯白尼说:"你从头到尾都知道这女人是谁。你知道华多是谁,住在哪里。他就在你楼下。你知道这华多干掉了一个家伙,企图逃跑。但是这个女人是他计划的一部分,他急着要在离开前见她一面。只是他再也没机会了,一个从东岸来的叫泰西罗的强盗,收拾了华多,了结了这件事。你碰到这个女人,把她的衣服藏起来,把她送走,把线索掩盖住。你们这种人就是这样混饭吃的。我没说错吧?"

"没错,只是这些事情我是最近才知道的。华多是谁?"

柯白尼对我露出一排牙齿,蜡黄的脸颊上燃烧着红晕。伊巴拉看着地板轻轻地说:"华多·拉丁根。华盛顿传来的电讯说的。他是一个小毛贼,服过几次轻刑。在底特律一桩抢劫银行的案子里负责开车,最后把同伙出卖了,自己被免于起诉。其中一个同伙就是这个泰西罗。他一个字都不肯说,但我们认为街对面的碰面纯属偶然。"

伊巴拉说话轻柔、安静、节制,让听的人觉得带着某种暗示。我说:"谢谢你,伊巴拉。我可以抽烟吗——还是柯白尼会把烟从我嘴里踢掉?"

伊巴拉突然微微一笑。"你当然可以抽烟。"他说。

"黑仔喜欢你,没错,"柯白尼嘲笑说,"你永远不知道黑仔喜欢什么。"

我点燃一根烟。伊巴拉看着柯白尼,轻声说:"黑仔这个字眼——你用得太多了。我不喜欢你这样形容我。"

"谁他妈管你喜欢什么,黑仔。"

伊巴拉还在笑着。"你正在犯错误。"他说着拿出一把指甲刀,低头开始修剪指甲。

柯白尼厉声说道:"马洛,一开始我就闻出你他妈有些不对劲。所以等我们查出这两个混混时,我和伊巴拉认为应该过来审审你。我带了一张华多尸体的照片——照得很清晰,灯光正好照着他眼睛,领带笔直,口袋露出白手帕一角,全都恰到好处。所以接下来,我们照例行事,找了这里的经理,让他指认照片。他认识这家伙,说照片上的人用胡麦尔这个名字住在这里,就在三十一号公寓。我们进去后找到一具尸体,然后就到处问,但还没有人认出他来。可是他的脖子上有几道指印,比对后正好跟华多的吻合。"

"那可新鲜了,"我说,"我还以为是我谋杀了他。"

柯白尼瞪我瞪了很久。他的脸早已了无笑意,只剩下蛮横凶狠,"好极了,我们还找到了别的东西:华多逃命的车子——还有华多逃命时带的东西。"

我嘴角抽搐,吐了一口烟。风吹打着紧闭的窗户。室内的空气坏透了。

"嗯,我们是聪明人,"柯白尼讽刺地说,"我们没想到你这么贪心。看看这个!"

他干瘦的手伸进外套口袋,掏出一件东西,拖过牌桌边缘,沿着绿色桌面摊开,里面的东西闪闪发光。那是一串白色珍珠,搭扣像两片螺旋桨,它们在浓烟弥漫的空气里熠熠生辉。

萝拉·巴撒利的珍珠,飞行员给她的珍珠。那个已经死了的男人,那个她仍然深爱的男人。

我目不转睛地盯着珍珠项链,但我没动。过了好一会儿,柯白尼近乎严肃地说:"好东西,对吗?马洛先生,现在你可以讲讲这个故事了吗?"

我站起来，把椅子推开，缓缓穿过房间，然后停下，低头看着珍珠。最大的直径大约三分之一英寸，纯白色，闪着光芒，透着温润。我缓缓把珍珠从她的衣服旁边拿起来，感觉沉重、光滑又不失雅致。

"美极了，"我说，"很多麻烦都是因为这个引起的。好，我说。这一定值很多钱。"

伊巴拉在我身后笑起来——非常轻柔的笑声。"大概值一百美元左右，"他说，"是上好的赝品——不过终归是赝品。"

我又拾起珍珠，柯白尼呆滞的目光幸灾乐祸地看着我。"你怎么分辨出来的？"我问。

"我懂珍珠，"伊巴拉说，"这一串做工精良，很多女人故意定做这样的，以求保险，但它们跟玻璃一样光滑。真的珍珠放在牙齿边缘，会感觉有些像沙子。试试看。"

我把两三颗放在牙齿间，来回摩擦，不过咬得不用力。珠子坚硬光滑。

"没错，高仿，"伊巴拉说，"有几颗甚至有些波纹和扁平的地方，跟真的珍珠一样。"

"如果是真的，可能值一万五吗？"我问。

"有可能，很难说，需要视情况而定。"

"这个华多还不太坏。"我说。

柯白尼迅速站起来，但我没注意他的动作。我仍然低头打量着珍珠。他的拳头打中我的半边脸，打在白齿上。我立刻尝到了鲜血的味道，往后跌去，假装这拳很重。

"坐下来，说清楚，你这混蛋！"柯白尼几乎对我耳语道。

我坐下来，用手帕按着脸颊，舔舔嘴内的伤口。然后站起来，走过去捡起他从我嘴里打掉的香烟。我把香烟放在烟灰缸内捻熄，又坐下来。

伊巴拉正在锉指甲,把其中一根手指举到灯光下打量着。柯白尼的眉头间冒出颗颗汗珠。

"你在华多车里除了发现珠子外,"我说,看着伊巴拉,"还找到什么文件了吗?"

他头也不抬地摇摇头。

"我相信你。事情是这样的:今天晚上在华多踏进酒吧,询问那个女人之前,我从来没有见过他。我知道的我之前都说了。等我回家踏出电梯,这个女人,穿着印花开襟外套和蓝丝绉纱洋装,戴着宽边帽——跟他描述的一模一样——正在等电梯,就在我这一层楼。她看起来像个好女人。"

柯白尼讥讽地笑着,这不会影响我。他完全在我掌控之中。他只需要知道这点就行,而且他很快就会知道了。

"我知道她马上就会成为警方的证人。同时我怀疑她来这儿还有别的缘由。但我一分钟也没怀疑过她做了错事。她只是个惹上麻烦的好女人罢了——她甚至不知道自己惹上了麻烦。我把她带到我这里。她拿出枪对着我,可是并没有开枪的意思。"

柯白尼忽然坐直身子,开始舔着嘴唇。他的表情木然,面如死灰,一言不发。

"华多以前是她的司机,"我继续说下去,"他那时候使用的名字是约瑟夫·寇兹。她自称法兰克·巴撒利太太。丈夫是个鼎鼎大名的水力发电工程师。有个家伙以前送了她这串珍珠,而她告诉她丈夫它们只是赝品。华多揣测出这背后一定有什么罗曼史。巴撒利从南美回来后,见华多长得太帅,就把他炒了鱿鱼,于是他就顺便偷走了这些珍珠。"

伊巴拉突然抬起头，牙齿闪着光。"你是说他不知道这是假的？"

"我猜他藏起了真的，叫人做了这些假的。"

伊巴拉点点头。"有可能。"

"他还偷了其他东西，"我说，"巴撒利公文包里的一些东西证明他在外面养女人——就在布伦特伍德。他同时勒索丈夫和妻子，可是当事者都不知道对方的事。你们明白了吗？"

"我明白了，"柯白尼厉声说，从绷紧的嘴唇中挤出几个字，他的脸色仍然像死灰一般，"快他妈继续说。"

"华多不怕他们。他没有隐瞒他的住处，这一点很愚蠢。可是如果他想冒险，这样也可以省下很多钩心斗角。那女人今天晚上拿着五千美元来这里买回她的珍珠，可是没有找到华多。她自作聪明地多上一层楼，所以我才会碰见她，把她带来这里。当泰西罗进来要杀我灭口时，她躲在了那个更衣室里面。"我指着更衣室的门，"所以她才会拿着她的小枪顶住他的背，救了我一命。"

柯白尼一动也没动，脸上有种可怕的神情。伊巴拉把指甲刀塞进小皮夹，又把皮夹缓缓放进口袋。

"就这样？"他轻轻地问。

我点点头。"另外，她告诉了我华多的公寓门牌号，我进去找珍珠，结果找到一个死人。我在尸体的口袋里找到几把新的车钥匙，它们就装在帕卡德车代理商的皮套里。我下楼到街上找到帕卡德，把它开了回去，就是巴撒利养女人的地方。原来巴撒利派了一个史佩嘉俱乐部的朋友去华多处买回一些东西，而那人想用枪解决，而不是用巴撒利给他的钱来买，结果华多把他送上了西天。"

"就这样？"伊巴拉轻轻地问。

"就是这样。"我舔舔嘴里的伤口。

伊巴拉说："你要什么？"

柯白尼的脸一阵青紫，用力拍了一下长长的结实的臂膀。"这家伙不赖，"他嘲讽说，"所作所为完全偏离正道，触犯每一条法律，你却问他想要什么？黑仔，我会给他想要的！"

伊巴拉转过头，看着他。"你不会。我想你应该给他一张空白的清单，还有他想要的任何东西。他正在教你怎么做警察。"

柯白尼静静地坐着，好一会儿没有说话。我们都没有移动。接着柯白尼身体前倾，他的外套随之敞开，腋下枪套里的枪把露了出来。

"那么你到底想要什么？"他问我。

"那张牌桌上的东西，外套，帽子和假珍珠。还有报告上不要提到几个名字。这样要求多吗？"

"对——太多了。"柯白尼近乎温柔地说。他身子往旁一晃，枪支利落地跳进手里。他的手肘抵在大腿上，拿枪指着我的肚子。

"我宁愿你有胆量拒捕……我宁愿这样，因为我的报告写了泰西罗被捕，以及我逮捕他的经过，刊登我照片的早报现也正在印发。我宁愿你不能活着对着那篇报道哈哈大笑。"

我顿感口干舌燥。我听到远处风声咆哮，犹如枪声。

伊巴拉在地板上移动脚步，冷冷地说："警官，你刚刚解决了两个案子。你只要少说些废话，报告不要提一些名字就好了。如果检察官知道了这几个名字，对你没什么好处。"

柯白尼说："我喜欢另一个办法。"他手上的枪像块石头，"如果你不支持我，就请老天保佑你吧！"

伊巴拉说："如果扯出这个女人，你就犯了伪造文书和欺骗搭档的罪。一个星期后总局的人连你的名字都不会提了，因为你造假的事儿会让他们恶心。"

柯白尼的枪咔嚓一响,他的大手指慢慢挪向扳机。

伊巴拉站起来,举着枪对准他,说:"我们来看看黑仔的胆子有多大。山姆,我叫你把枪收起来!"

他往前平稳地走了四步。柯白尼呆若木鸡,连大气都不敢出。

伊巴拉平心静气地说:"山姆,收起来,如果你还有理智的话。如果你不收——你就完蛋了。"

他再向前一步。柯白尼嘴巴大张,吐出一口长气,然后瘫倒在椅子上,好像脑袋瓜挨了一记重拳,眼皮向下耷拉着。

伊巴拉以迅雷不及掩耳之势夺走他手上的枪,快速往后退了几步,枪又垂在了腰间。

"都是热风惹的祸,山姆。我们就忘了这件事吧!"他的语气依然平稳文雅。

柯白尼的双肩耷拉着,双手捂住脸。"好吧!"声音从指间飘出来。

伊巴拉轻轻地走过房间,打开门,他慵懒半阖的眼睛看着我:"我也会替救我小命的女人做很多事。这回我吃你这套,不过身为警察,你不能指望我会喜欢这点。"

我说:"床上的小个子叫利昂·瓦伦萨洛,是史佩嘉俱乐部的轮盘庄家手。"

"谢了。山姆,走吧!"

柯白尼沉重地站起来,穿过房间,走出房门,消失在我的视线里。伊巴拉跟着他走出去,正准备关上门。

我说:"等一下。"

他缓缓回过头,左手放在门上,蓝枪依旧悬在右边的腰侧。

"我不是为钱做这件事,"我说,"巴撒利住在福莱曼二一二号。你可以把这些珍珠带给她。如果巴撒利的名字能够不出现在报告上,我可以拿到五百块,这钱就捐给警察基金。我没有你想象的那么聪明。事情就是这样——而且你的搭档是个小人。"

伊巴拉看着房间对面牌桌上的珍珠,眼睛泛着亮光,"你拿着吧!五百块也算了。警察基金自然有它的来源。"

他安静地关上门,过了一会儿,我听到电梯门哐啷响起。

7

我打开一扇窗户,把头伸进风里,看着楼下方形车滑过街道。风吹得很猛,我任由它吹进房间里来。一张画从墙上掉下来,两颗棋子滚下牌桌。萝拉·巴撒利的开襟外套随风摇曳着。

我走到厨房喝了些威士忌,又走回客厅,给她打电话,虽然已经很晚了。

她本人接的电话,接得很快,声音没有睡意。

"马洛,"我说,"你说话方便吗?"

"可以……可以。只有我在家。"

"我找到了一些东西,其实是警察找到的。但那个黑家伙骗了你。我手上有一串珍珠,不是真的。我猜他把真的卖了,做了一串假的给你,搭扣还在。"

她沉默了好一阵子,然后,声音微弱地说:"警察找到的?"

"在华多的车子里找到的,不过他们不会说出来,我们谈妥条件了。看看明早的报纸,你就能明白是为什么。"

"好像没有什么可多说的。我可以要回那个搭扣吗?"

"当然。明天四点在绅士俱乐部的酒吧见,行吗?"

"你真是体贴。"她的声音很疲惫,"可以。法兰克还在开会。"

"那些会议——可以把一个男人榨干。"我说,然后互相道别。

我打了一个西洛杉矶的号码。他还在那里和白俄罗斯女人鬼混。

"你明早可以寄一张五百块钱的支票给我,"我告诉他,"如果方便的话,就具名给警察救援基金,因为支票要送到那里去。"

柯白尼上了报纸第三版,两张照片,大半块报道。命丧三十一号的小黑个儿根本没上报。看来公寓联盟协会的游说能力也不容小觑。

我吃过早餐出门时,风已经停了。天气轻柔凉爽,弥漫着薄雾,天幕低垂,灰白明亮,令人心旷神怡。我开下大道,挑了最好的珠宝店,在柔和的日光灯下把那串珍珠放在黑丝绒垫上。一个穿着翻领衬衫和条纹裤的家伙无精打采地低头看着珍珠。

"货色如何?"我问。

"很抱歉,先生。我们不提供估价服务。但我可以给你一个估价师的名字。"

"别开玩笑了。这可是荷兰货。"

他把灯光调近些,俯下身,打量了几眼。

"我要一串一模一样的,套上这个搭扣,很快就要。"我说道。

"怎么,像这个?"他没有抬头,"这不是荷兰货,是波西米亚来的。"

"好吧,你能仿造一串吗?"

他摇摇头,把丝绒垫子移开,好像这个东西玷污了他似的,"三个月,还有点可能。我们国家不生产这种玻璃。如果你要做得一模一样,至少要三个月。我们店根本不做这类事情。"

"这么盛气凌人,必定是高档店。"我说着,拿了一张卡片放在他的黑袖子下面,"给我一个肯做的人的名字吧——而且不用花三个月——也不需要非得一模一样。"

他耸耸肩,拿着卡片走开,五分钟后把卡片还给了我,卡片背面写着几个字。

老李文亭在梅罗丝有一家店，这是一家旧货店，橱窗内的商品应有尽有，从折叠式的娃娃车到法国号角，从装在毛皮袋里的看戏用的珠母贝望远镜到西部保安人员——当年他们的祖辈都十分剽悍——使用的点四四老式长枪。

老李文亭头戴无边便帽，挂着两副眼镜，满脸胡须。他仔细察看了珍珠，然后无奈地摇摇头，说："花个二十美元就可以买个差不多的，不过没那么好就是，没那么好的玻璃。"

"看起来能有多像呢？"

他摊开坚实强壮的手掌，"我说的是实话，它们连个娃娃都骗不过。"

"就拿这个搭扣做一串吧！当然，原来的那串我还要拿回来。"

"好，两点来拿。"

瓦伦萨洛，乌拉圭来的黑仔上了下午的报纸。他被发现吊死在未具名的公寓里，警方正在调查案情。

四点钟时，我走进绅士俱乐部的酒吧，沿着一排高背椅寻找，终于找到一个独坐的女人。她戴了一顶像浅盘的帽子，帽缘很宽，穿着裁缝量身订制的褐色套装，搭配了非常男性化的衬衫和领带。

我坐在她身旁，推给她一个包裹。"别打开，"我说，"如果你愿意，可以直接丢进焚化炉。"

她看着我，黑色的眸子疲态毕露，手指拨弄着散发薄荷味的玻璃杯。"谢谢。"她的脸色非常苍白。

我叫了一杯威士忌，侍者走开了，"看报纸了吗？"

"看了。"

"你知道这个叫柯白尼的抢了你的功劳吗？所以他们才没有改变这

个故事,把你扯进去。"

"现在都无所谓了。无论如何都要谢谢你。请……请你把它们给我看看。"

我把草草包在薄纸里的珍珠从口袋里掏出来,推到她面前。银质螺旋桨搭扣在壁灯下眨着眼,那颗小钻石也闪闪发亮。而珍珠的色泽跟白肥皂一样暗淡无光,大小参差不齐。

"你没说错,"她干巴巴地说,"这不是我的珍珠。"

侍者端来了我的酒,她敏捷地把手包放在珍珠上。等侍者走了,她又小心地检查了一次,然后放进提包里,给了我一个阴郁惨淡的微笑。

我站了好一会儿,一只手重重地按着桌面。

"就像你说的——我就留下搭扣。"

我缓缓地说:"你一点儿都不了解我。昨晚你救了我一命,我们有过一段美好时光,可是只有一会儿,你依然对我毫不了解。城里有个警探叫伊巴拉,是一个正派的墨西哥人,他负责这个案子,他在华多的皮箱里找到了这串珍珠。如果你想确认一下,可以——"

"别傻了,事情都结束了。这不过是个回忆。我还很年轻,不该活在回忆里。也许这样最好。我爱过史丹·菲利普斯——可是他已经走了——早就走了。"

我盯着她,没有说话。

她突然说道:"今天早上我丈夫告诉了我一些我不知道的事。我们要分居了。所以我今天没什么好高兴的。"

"对不起,"我软弱地说,"没有什么好说的。我可能以后会再见到你,也可能不会。我不太有机会进入你的圈子,祝你好运。"

我站起来,彼此对看了一眼,"你的酒都还没喝呢!"她说。

"你喝吧!那种薄荷味玩意儿只会叫人更不舒服。"

我站了一会儿,一只手撑着桌子。

"如果有人找你麻烦,告诉我。"我说。

我走出酒吧,没有回头看她,坐进车子,往西开上日落大道,一路驶向海岸公路。沿途的花园里都是被热风烧枯的黄叶黑花。

但是大海看起来凉爽慵懒,一如平常。我一路开到马里布才把车停下。我走下车,坐在一块被铁丝围着的岩石上。潮水已经涨起大半,空气中尽是海藻的味道。我看了一会儿潮水,然后从口袋里掏出波西米亚玻璃珍珠,剪断一头的结,让珍珠一颗颗掉下来。

所有的珠子都散落在我左手里,我静静地握了一会儿,思绪翻飞。其实我很确定根本没什么好想的。

我大声说:"纪念史丹·菲利普斯先生!又一个吹牛大王!"

我把她的珍珠一颗一颗向漂浮着海鸥的大海投去。

珍珠溅起小水花,海鸥从海里飞起,对着水花俯冲而下。

TROUBLE IS MY BUSINESS
by RAYMOND CHANDLER
Simplified Chinese edition copyright: © 2017 NEW STAR PRESS
All rights reserved.

图书在版编目（CIP）数据

找麻烦是我的职业/（美）雷蒙德·钱德勒著；林培菊译．——北京：新星出版社，2017.4

ISBN 978-7-5133-2377-2

Ⅰ.①找… Ⅱ.①雷… ②林… Ⅲ.①侦探小说－小说集－美国－现代 Ⅳ.①I712.45

中国版本图书馆 CIP 数据核字（2016）第 274484 号

找麻烦是我的职业

（美）雷蒙德·钱德勒 著；林培菊 译

责任编辑：王　怡
责任印制：李珊珊
装帧设计：周伟伟

出版发行：新星出版社
出 版 人：谢　刚
社　　址：北京市西城区车公庄大街丙3号楼　　100044
网　　址：www.newstarpress.com
电　　话：010-88310888
传　　真：010-65270449
法律顾问：北京市大成律师事务所

读者服务：010-88310811　service@newstarpress.com
邮购地址：北京市西城区车公庄大街丙3号楼　　100044

印　　刷：北京汇瑞嘉合文化发展有限公司
开　　本：910mm×1230mm　1/32
印　　张：8.375
字　　数：118千字
版　　次：2017年4月第一版　2017年4月第一次印刷
书　　号：ISBN 978-7-5133-2377-2
定　　价：35.00元

版权专有，侵权必究；如有质量问题，请与印刷厂联系调换。